ALTE FLAMME, NEUES FEUER

L.A. WITT

D1727312

Übersetzt von
JUTTA E. REITBAUER

Copyright Information

Dies ist eine erfundene Geschichte. Alle in diesem Buch vorkommenden Namen, Personen, Orte und Handlungen entstammen entweder der Fantasie der Autorin oder werden fiktiv verwendet. Jegliche Ähnlichkeit zu realen, lebenden oder verstorbenen Personen, Firmen, Ereignissen oder Schauplätzen ist rein zufällig.

Alte Flamme, neues Feuer

Erste Auflage

Copyright 2018, 2023 L. A. Witt

Aus dem Englischen übersetzt von Jutta E. Reitbauer

Cover Art von Lori Witt

ISBN: 978-1-64230-150-2

Paperback ISBN: 9781730711053

❀ Erstellt mit Vellum

ÜBER ALTE FLAMME, NEUES FEUER

Es ist sechs Jahre her, seit sich Marcus Peterson und Reuben Kelly getrennt haben, aber sie sind weiterhin Freunde und Kollegen. Bis ein paar Drinks zu viel auf der Weihnachtsfeier der Firma zu einer Nacht führen, die beide bedauern.

Acht peinliche Wochen später braucht ihr Chef – Reubens Vater – jemanden, der bei einer Messe einspringt, und Marcus und Reuben können einander nicht mehr aus dem Weg gehen. Eine gemeinsame Anreise, ein Messestand, ein Hotelzimmer ... und dann schlägt auch noch das Wetter um.

Sie können einander nicht entkommen und haben keine Möglichkeit, das schlechte Gewissen zu ignorieren, die Verlegenheit ... und den Funken, der unbedingt wieder aufflammen möchte. Denn wenn es eine Sache gibt, die sich nach all der Zeit nicht geändert hat, dann sind das ihre Gefühle füreinander.

Aber wenn sie es nicht schaffen, alle Hürden zu überwinden, die sie voneinander getrennt halten, wird diese alte Flamme für immer erlöschen.

KAPITEL 1

REUBEN

„Könntest du in mein Büro kommen, sobald du eine Minute Zeit hast?"

Ich schloss die Augen und widerstand dem Drang, mein Telefon am Schreibtisch zu zerstören. Ich hatte keine Zeit, und daran würde sich auch so schnell nichts ändern, aber wenn Dad mich in sein Büro zitierte, bedeutete es *sofort*, also verbannte ich die Frustration aus meiner Stimme. „Klar. Bin gleich da."

Ohne eine weitere Bemerkung beendete er das Gespräch. Ich seufzte schwer und legte den Hörer zurück auf die Gabel. Mit einem Knoten im Magen betrachtete ich die Unterlagen, die auf meinem Schreibtisch ausgebreitet waren. Ich warf meinem E-Mail-Browser einen wehklagenden Blick zu und hoffte, dass sich die Zahl neben den neuen Nachrichten in den vierzehn Sekunden, die ich mit meinem Vater telefoniert hatte, nicht erhöht hatte. Doch das hatte sie. Natürlich hatte sie das. Wenn ich aus Dads Büro zurückkehrte, würde der Papierstapel noch höher und diese Zahl noch größer sein. So viel dazu, dieses Wochenende nicht ins Büro zu kommen.

Alle fragen sich, warum ich in meinem Alter schon graue Haare habe.

Okay, das lag hauptsächlich an den Genen, aber ich hatte den Verdacht, dass mein Vater mit mehr als seiner DNS beigetragen hatte, dass ich mit fünfunddreißig völlig ergraut war.

Mein Telefon begann zu läuten. War ja klar. Der Anruferkennung nach war es Jan Harper, eine Ingenieurin aus meinem Team. Ich hatte den Verdacht, dass es um eine Reihe Schaltbilder ging, die wir unbedingt bis zum Ende des Monats fertig bekommen mussten, aber ich ließ ihren Anruf auf die Mailbox gehen, denn was auch immer Dad wollte war das Einzige, das noch wichtiger als dieses Projekt war.

Ich stand auf, verließ meinen Schreibtisch, während mein Telefon weiterhin hinter mir läutete, und schritt den Flur hinunter zu Dads Büro.

Maya, seine Sekretärin, lächelte mich an. „Er erwartet Sie schon. Gehen Sie nur rein."

Ich erwiderte das Lächeln. „Danke." Dann ging ich an ihr vorbei, klopfte kurz höflich an seine Tür und spazierte hinein.

„Setz dich." Dads Stimme war angespannt wie immer, und er wandte den Blick nicht von dem ab, was er gerade tippte.

Ich setzte mich auf meinen üblichen Stuhl und wartete, während er seine – wie ich annahm – E-Mail schrieb.

Als er einen Moment später fertig war, wandte er sich mir zu und verschränkte die Hände hinter seiner Tastatur. „Gibt es etwas, das ich wissen müsste, was dich und Marcus betrifft?"

Mein Herz blieb stehen. „Äh ..." Tja, Scheiße. Ich hatte

nicht erwartet, das zu hören, als ich hereinkam. „Warum ... warum fragst du?"

„Weil ihr in letzter Zeit den Eindruck erweckt habt, euch in Gegenwart des anderen ein wenig, ich weiß nicht, unbehaglich zu fühlen."

Wenn ich von diesem Gesprächsthema nicht so überrascht gewesen wäre, hätte ich vielleicht gelacht. Unbehaglich in Gegenwart des anderen? Ein *wenig* unbehaglich? Genau. Das war eine unglaubliche Untertreibung. Oder zumindest wäre sie das, wenn ich nicht von solchem Entsetzen erfüllt wäre, dass meinem Vater die Spannung zwischen mir und dem Marketingmanager der Firma aufgefallen war. Normalerweise bekam er solche Sachen überhaupt nicht mit. Meine einjährige Beziehung mit Marcus hatte er bis heute nicht mitbekommen. Genauso wenig wie unsere Trennung vor fast sechs Jahren.

Andererseits hatten Marcus und ich damals auch nicht nahezu täglich zusammenarbeiten müssen. Und unsere Trennung war freundschaftlich gewesen, inklusive einer langen Unterhaltung, um sicherzugehen, dass es im Büro zu keinen peinlichen Situationen kam. Momentan hatten wir allerdings ständig miteinander zu tun, und dank eines gewissen Zwischenfalls auf der Weihnachtsfeier der Firma vor zwei Monaten war die Stimmung zwischen uns ... nun ja, seltsam beschrieb es nicht einmal ansatzweise. Wir konnten einander noch immer nicht in die Augen sehen.

„Reuben?"

Scheiße, wie lang hatte ich hier wie ein Idiot herumgesessen und versucht, mir eine Antwort einfallen zu lassen? Ich räusperte mich. „Ähm. Tut mir leid. Es ist alles in bester Ordnung. Wir beide hatten in letzter Zeit nur sehr viel zu tun. Oder zumindest ich hatte das."

Dad verzog das Gesicht. „Ich nehme an, das stimmt. Wie läuft es mit Michelle?"

Ich zuckte zusammen und wich seinem Blick aus. „Wir machen ... Fortschritte." Verdammt noch mal, weil ich jetzt ja auch noch unbedingt an meine laufende Scheidung denken musste. Scheiß drauf. Ich hatte Arbeit zu erledigen. Ich holte tief Luft und sah meinen Vater an. „Hast du mich deshalb herbestellt? Um nach mir und Marcus zu fragen?"

Meine eigene Formulierung bescherte mir fast einen Herzanfall, als ob Dad zwischen den Zeilen lesen und mitbekommen könnte, dass es je ein „ich und Marcus" gegeben hatte.

Doch offensichtlich war er noch immer ahnungslos. „Ich habe dich nicht nur deswegen herkommen lassen, nein." Sein Stuhl knarrte, als er sich zurücksetzte. „Aber ich muss sichergehen, dass ihr zwei miteinander auskommt."

„Das tun wir. Ich verspreche es." Das stimmte sogar. Es war ja nicht so, als ob wir einander an die Gurgel gingen. Die Stimmung zwischen uns war furchtbar peinlich, aber Marcus und ich nahmen unsere Jobs ernst, und wir ließen nicht zu, dass unsere persönlichen Probleme unsere Arbeit beeinflussten. Nicht allzu sehr. Wir mussten uns definitiv zusammensetzen und ein paar Dinge klären, aber das musste Dad nicht wissen. „Es ist alles in Ordnung. Ernsthaft."

„Ausgezeichnet." Er nickte ruckartig. „Denn ich will, dass du nächste Woche mit ihm auf die Messe in Boise fährst."

Ich blinzelte und versuchte, all das *WTF* in diesem Satz zu begreifen. Eine Messe. Ich. Kurzfristig. Zusammen mit Marcus. *What the Fuck?* „Ich ... Ernsthaft?"

Dad nickte. „Ihr fahrt morgen früh los."

„Aber ... aber ich ..."

„Hör zu, ich weiß, dass es recht plötzlich ist", sagte er. „Und ich weiß, dass du viel zu tun hast. Aber –"

„Er hat John und Allen dabei. Wofür braucht er mich?"

Seufzend schüttelte Dad den Kopf. „John ist noch immer krank. Der Arzt sagt, dass er noch mindestens eine weitere Woche keine Reisen unternehmen kann. Und Allen ..." Dad presste die Lippen aufeinander. „Er hat mir gerade seine Kündigung überreicht."

Verdammt. Die Treffer hörten einfach nicht auf, nicht wahr?

„Er hört hier auf?"

„Yep. Wurde von einer Konkurrenzfirma abgeworben, die nicht genannt werden soll", grummelte Dad. „Deshalb kann ich auch nicht auf der Messe einspringen. Karen und ich müssen Bewerbungsgespräche führen, um einen Ersatz für Allen zu finden."

Ich unterdrückte einen Fluch. Karen, die Managerin, die unsere Außendienstmitarbeiter unter sich hatte, wäre mein nächster Vorschlag gewesen. Aber da einer der Außendienstmitarbeiter aufhörte, ein weiterer im Krankenstand war und sowohl Dad als auch Karen damit beschäftigt waren, in aller Eile Allen zu ersetzen, blieben nicht mehr viele Möglichkeiten übrig. Ich war ziemlich sicher, dass keiner der anderen acht Außendienstmitarbeiter dafür herangezogen werden konnte. Ihr Terminkalender war bereits randvoll. Wir verfügten auch über drei Projektmanager, die theoretisch einspringen könnten, aber eine war in Karenz, der andere gerade in Deutschland, um unsere europäischen Mitarbeiter zu schulen, und der dritte war praktisch an seinen Schreibtisch gekettet, bis die anderen zwei zurückkehrten.

Weshalb nur noch ich übrig blieb.

Mein Mund wurde trocken. „Aber ich weiß nicht, ob ich fahren kann. Ich habe –"

„Ich habe keine andere Wahl, Sohn", beharrte Dad. „Das ist eine riesige Messe, und ich *brauche* dort jemanden, der die Produkte in- und auswendig kennt. Besonders die neue Serie von Schneidbrennern."

Ich konnte nicht verhindern, dass ich das Gesicht verzog. *Niemand* kannte die neue Linie von Schneidbrennern besser als ich. Ich hatte die gottverdammten Dinger entworfen und zwei der frühen Prototypen selbst gebaut. „Aber wenn ich auf der Messe bin, kann ich nicht hier sein, um in der Abteilung alles am Laufen zu halten, damit wir die neuen Produkte pünktlich herausbringen können." Ich schüttelte den Kopf. „Dad, auf keinen Fall –"

„Ich brauche dich in dieser Angelegenheit, Reuben." Seine Stimme enthielt einen flehentlichen Unterton, der so untypisch für ihn war, dass er mich sprachlos machte.

Es führte wirklich kein Weg darum herum, oder? Ich war der Einzige, der sowohl – irgendwie – verfügbar war, als auch die Produkte kannte. Marcus kannte die Produkte ebenfalls, aber nur bis zu einem gewissen Grad. Wenn potentielle Kunden tiefergehende technische Fragen hatten, brauchten sie einen Außendienstmitarbeiter, einen Projektmanager oder einen Ingenieur. Und da keiner der Ingenieure für so etwas entbehrt werden konnte – und wahrscheinlich auf der Stelle kündigen würde, falls er auf eine Messe geschickt werden würde –, blieb nur noch ich übrig.

Ich ließ die Schultern hängen und sagte: „Okay. Mail mir einfach die, äh, Informationen über die Messe. Ich gebe meiner Abteilung Bescheid, dass ich die nächsten paar Tage nicht im Büro sein werde."

Dad ließ einen erleichterten Seufzer entweichen. „Gut. Ich lasse dir von Maya den Reiseplan weiterleiten."

„Toll. Danke."

Sag mir nur bitte, dass Marcus und ich uns kein Zimmer teilen müssen.

KAPITEL 2

MARCUS

„Sieh zu, dass wir zwei der ganz großen Banner mithaben", sagte ich zu Aaron. „Nur für den Fall, dass eines beschädigt wird."

„Verstanden." Der blonde Junge zog zwei der aufgerollten Banner aus einem Regal und stellte sie neben die Kiste, in der sie verstaut werden würden. „Was ist mit den kleineren Bannern? Nur für den Fall, dass ihr weniger Platz zur Verfügung habt als angenommen?"

Ich schürzte die Lippen. Wir hatten einen an drei Seiten offenen Kopfstand reservieren lassen, und in diesem Veranstaltungszentrum gab es jede Menge Platz, aber die Messe selbst hatte manchmal eigene, tiefhängende Banner und Aufsteller, die uns den Platz streitig machten. Und es war nicht so, als ob wir Transportkosten zahlen müssten, da wir ohnehin alles im Lieferwagen der Firma mitnahmen. „Gute Idee. Nimm auch ein paar von denen mit."

Er nickte und tat wie geheißen.

„Hey, Marcus?" Leanne steckte den Kopf zur Tür des Lagerraums herein, in dem wir alles aufbewahrten. „Brauchst du noch immer ein HDMI-Kabel?"

„Ja, bitte." Ich hatte bereits zwei eingepackt, aber auf die harte Tour gelernt, dass man nie zu viele HDMI-Kabel mithaben konnte. Eigentlich war das der Leitspruch für so ziemlich alles, wenn es um Kongresse und Messen ging – wenn du möglicherweise eines brauchen könntest, nimm drei mit.

Ich ließ den Blick über die Checkliste in meiner Hand schweifen. Wir hatten die Schilder eingepackt, die Bestandteile unseres Standes, Bücher, Vorführprodukte, IT-Ausrüstung, Aufsteller …

Mein Telefon zirpte und riss mich aus meiner Konzentration. Fluchend zog ich es vom Gürtel. Irgendwas war immer.

Ohne überhaupt auf die Anruferkennung zu sehen, klemmte ich mir das Telefon zwischen Ohr und Schulter. „Marketing, hier ist Marcus."

„Hey. Ich bin's, Reuben."

Mein Magen vollführte einen Salto, und ich erstarrte. „Oh. Hey."

Einige peinliche Sekunden lang schwiegen wir beide. Verdammt, wann würden wir je darüber hinwegkommen? Schuldbewusstsein und Scham verknoteten sich hinter meinen Rippen. Zum millionsten Mal schwor ich mir, auf einer Weihnachtsfeier der Firma nie wieder etwas zu trinken.

„Hör zu." Er räusperte sich. „Hast du ein paar Minuten Zeit? Ich würde gern bei dir im Büro vorbeischauen."

Ich warf einen Blick auf das kaum organisierte Chaos, bestehend aus allen möglichen Sachen, die im Lieferwagen verstaut werden mussten. Ein paar Minuten? Nein, definitiv nicht. „Ich bin ziemlich damit eingedeckt, alles für die Messe vorzubereiten. Ist es dringend?"

„Ähm." Reuben machte eine Pause. „Ja. Irgendwie schon."

Ich schloss die Augen und ließ den Atem entweichen. Falls er den heutigen Tag – diese Minute – gewählt hatte, um die Sache zwischen uns ins Reine zu bringen, würde ich den Verstand verlieren, so wahr mir Gott helfe. Ich wollte wirklich, dass zwischen uns wieder alles klar war, und wusste nur allzu gut, wie schwer es Reuben fiel, solche Gespräche zu initiieren, aber nicht *jetzt*, um Himmels willen. Besonders, da es an mir hängen bleiben würde, den Großteil der emotionalen Kleinarbeit zu erledigen, und selbst falls ich die Zeit gehabt hätte, würde ich das heute echt nicht schaffen. „In Ordnung. Aber ich muss es kurz halten."

„Ja. Kein Problem. Ich komme in zehn Minuten runter."

Nachdem wir aufgelegt hatten, musterte ich das Chaos, das Aaron und ich aus dem Lagerraum gemacht hatten. Es sah immer so aus, bevor wir den Lieferwagen beluden, und machte mich immer ganz nervös, weil es jedes Mal wie ein Katastrophengebiet aussah, das man unmöglich zusammen-räumen konnte, ganz zu schweigen davon, alles in ein Fahr-zeug zu quetschen. Es spielte keine Rolle, dass ich wusste, dass wir es schaffen würden. Bis ich die visuelle Bestätigung hatte, dass diesmal alles hineingepasst hatte und in meinem Lagerraum wieder so etwas wie Ordnung herrschte, würde ich kurz vor dem Nervenzusammenbruch stehen.

Aber anscheinend hatte Reuben etwas zu besprechen, das verlangte, dass wir uns im gleichen Raum aufhielten. In letzter Zeit war er mir genauso aus dem Weg gegangen wie ich ihm, also musste es wichtig sein.

Na schön. Na *schön*.

„Hey, Aaron?"

„Ja, Boss?" Er streckte den Kopf hinter einem Stapel Kisten hervor, auf denen *Vorhänge* stand.

„Ich muss für ein paar Minuten weg. Kannst du damit weitermachen, bis ich zurückkomme?"

„Kein Problem." Er deutete auf das Clipboard in meiner Hand. „Kannst du das dalassen, damit ich alles doppelt überprüfen kann?"

Ich konnte ein Lächeln nicht unterdrücken. Aaron war ein Junge ganz nach meinem Geschmack – er betete Listen und Tabellen und ihre doppelte Überprüfung an, als ob er der verdammte Weihnachtsmann wäre. Warum konnte ich nicht eine ganze Armee aus Angestellten wie ihn finden?

Ich ließ das Clipboard auf einer Schachtel mit Büchern liegen und kehrte in mein Büro zurück. Auf dem Weg dorthin raste mein Herz. Worum ging es hier? Was war so wichtig, dass Reuben und ich uns unter vier Augen unterhalten mussten?

Vor der Weihnachtsfeier war das keine große Sache gewesen. In den gut acht Wochen, die seitdem vergangen waren, waren wir *wirklich* gut darin geworden, „Besprechungen" via E-Mail abzuhalten. Manchmal war persönliche Interaktion unvermeidlich, und oft mussten wir beide an Meetings mit anderen Abteilungen teilnehmen – ganz zu schweigen von Besprechungen mit Bob, Reubens Vater –, aber wir gingen ihnen so oft wie möglich aus dem Weg. Einmal hatte Bob sogar angemerkt, wie beeindruckt er war, dass wir so viel von der Kommunikation zwischen den Abteilungen auf E-Mails verlegt hatten, statt dafür zeitraubende Besprechungen anzusetzen. Ich hatte kein Problem damit, dass er das glaubte.

Also worüber zum Teufel mussten Reuben und ich

reden, das wir nicht via E-Mail klären konnten und um das wir uns sofort kümmern mussten?

Anscheinend würde ich nicht lange warten müssen, um es herauszufinden. Als ich mein Büro erreichte, kam Reuben aus der anderen Richtung über den Flur auf mich zu.

Unsere Blicke trafen sich, und wir setzten beide ein professionelles Lächeln auf, sagten aber nichts. Ich ließ uns in mein Büro, und nach einem Moment des Zögerns schloss ich die Tür hinter uns.

„Also." Ich setzte mich an meinen Schreibtisch und bedeutete ihm, Platz zu nehmen. „Ich muss das kurz halten, aber ich –"

„Ich denke nicht, dass es lange dauern wird." Er setzte sich, und mir gefiel nicht, wie er meinem Blick auswich und die Hände wrang. Gott, er musste *reden*, nicht wahr? Selbst unter den besten Umständen war es ein Kampf für ihn, und wenn er sich bis gerade eben darauf vorbereitet hatte, musste es ihn bei lebendigem Leib auffressen.

Ich legte die Unterarme auf den Schreibtisch. „Was gibt's?"

Reuben schluckte schwer. Nach einem Moment sah er mich unter gesenkten Wimpern an. „Ich denke, dass wir reinen Tisch machen müssen wegen –"

„Um Himmels willen", fauchte ich. „Reuben, ich fahre morgen früh nach Boise und habe keine Zeit, mir –"

„Ich begleite dich."

Die Worte ließen den Atemzug in meiner Kehle stecken bleiben. Plötzlich war es totenstill in meinem Büro, und wir starrten einander an.

Reuben befeuchtete seine Lippen. Mit sanfterer Stimme wiederholte er: „Ich begleite dich. Nach Boise."

Mein Kiefer klappte auf. „Du ... Wie bitte?"

Seufzend lehnte er sich auf dem Stuhl zurück, während er ein weiteres Mal meinem Blick auswich. „Mein Dad hat mich gerade damit überfallen. John und Allen fallen beide aus, und ich habe jeden vorgeschlagen, der mir eingefallen ist, aber letzten Endes bin ich der Einzige, der fahren kann."

Ich musterte ihn und wartete auf die Pointe. Ich würde sauer sein, wenn er mir mitteilte, dass er meine Zeit mit einem Scherz verschwendete, aber diese Vorstellung gefiel mir um einiges besser als die Aussicht, dass er mich auf eine achtstündige Fahrt, eine fünftägige Messe und eine achtstündige Rückreise begleitete. Besonders, da das Messehotel völlig ausgebucht war und ich schon nicht besonders darüber begeistert war, mir ein Zimmer mit John (der schnarchte) und Allen (der mit den Zähnen knirschte) teilen zu müssen.

„Bitte sag mir, dass du einen Witz machst", sagte ich.

Reuben schürzte die Lippen. „He, ich bin darüber auch nicht begeistert. Aber statt deine Zeit damit zu vergeuden, alle möglichen Alternativen durchzudenken, die mein Dad bereits abgelehnt hat, denke ich, dass wir vielleicht direkt zu dem Teil übergehen, wo wir einen Weg finden, wie das funktionieren kann."

Das ... das war definitiv eine Reuben-Antwort. Er war immer pragmatisch gewesen. Finde eine Lösung, und wenn die einzig mögliche Lösung dir nicht schmeckt, dann steck's weg und bring es zum Funktionieren. Selbst wenn es bedeutete, den emotionalen Ballast zu ignorieren, mit dem wir uns unbedingt auseinandersetzen mussten.

Ich setzte mich zurück und seufzte. „Scheiße."

„Für mich ist das auch kein Picknick, weißt du", knurrte er.

Unsere Blicke trafen sich. Seine Augen enthielten eine Spur Schmerz, und mir wurde bewusst, dass meine Reaktion auf die ganze Sache wahrscheinlich weniger wie *ich freue mich nicht auf eine Woche peinlicher Stimmung,* sondern viel mehr nach *ich will nicht in deiner Nähe sein* klang. Was, um fair zu sein, stimmte, aber nicht, weil ich ihn nicht mochte. Ganz im Gegenteil. Nur hatten wir eine lange, gemeinsame Vergangenheit, und ich glaubte nicht, dass der bereits vollgestopfte Van groß genug war, um unseren ganzen Ballast aufzunehmen.

„Es tut mir leid", sagte ich. „Also, was machen wir?"

Reuben zuckte andeutungsweise mit den Schultern. „Es gibt nicht viel, was wir tun können, außer ..."

Das Telefon an seinem Gürtel klingelte.

Er schloss die Augen und fluchte, und jetzt konnte ich deutlich die Frustration und Sorge sehen, die er ausstrahlte. Er nahm sein Telefon vom Gürtel. „Gib mir einen Moment." Ehe ich antworten konnte, sagte er: „Entwicklungsabteilung, hier ist Reuben." Pause. Die Falte zwischen seinen Augenbrauen wurde tiefer. Dann schloss er erneut die Augen. Als er sich in den Nasenrücken kniff, wurde mein Herz schwer. Wir würden diese Unterhaltung nicht beenden können, oder? Und falls wir es jetzt nicht taten, würden wir vor unserer Abreise keine weitere Gelegenheit dazu erhalten.

„In Ordnung", sagte er zu dem Anrufer. „Ich komme, so schnell ich kann."

Verdammt.

Reuben ließ das Telefon sinken, und als er es zurück an seinen Gürtel hängte, sah er mich an. „Ich muss mich um eine Krise in der Entwicklungsabteilung kümmern." Er stand auf. „Ich schätze, wir werden irgendwie damit umgehen müssen ..." Seine Augenbrauen zogen sich zusammen.

„Gut." Ich seufzte. „Wir haben morgen den ganzen Tag Zeit."

Unsere Blicke trafen sich.

Morgen. Den ganzen Tag. In einem Auto. Er und ich. Keine Fluchtmöglichkeit.

Oh Gott. Das würde eine *lange* Fahrt werden.

KAPITEL 3

REUBEN

Offensichtlich hatte sich das Universum verschworen, Marcus und mich davon abzuhalten, genug Zeit stehlen zu können, um die Sache zwischen uns zu klären. Er steckte bis zum Hals in der Beschaffung von Vorräten für die Fahrt nach Boise, und ich löschte ständig Feuer in meiner Abteilung.

Als ich an jenem Abend das Büro verließ, war es beinahe acht, und ich musste noch packen und zumindest versuchen, vor unserer Abreise frühmorgens etwas Schlaf zu bekommen. So viel zu meiner Idee, dass wir uns auf einen Drink treffen sollten, um alles zu besprechen.

Was vermutlich gar nicht so schlecht war. Ich neigte dazu, zu viel zu trinken, nur um das Schuldbewusstsein und andere unwillkommene Emotionen zu betäuben, die jedes Mal, wenn ich ihn ansah, zum Leben erwachten. Und in Marcus' Gegenwart zu viel zu trinken, war *nie* eine gute Idee. Diese Lektion hatte ich auf die harte Tour gelernt.

Also fuhr ich nach Hause, packte meine Sachen und versuchte zu schlafen. Als der Lieferwagen von Welding &

Control Equipment am nächsten Morgen um vier Uhr früh in meiner Auffahrt hielt, war ich erschöpft, hatte ein ungutes Gefühl im Magen und war ein nervöses Wrack. Aber hey, immerhin konnte ich einen Teil der Müdigkeit darauf schieben, dass ich um diese Uhrzeit bereits wach sein musste.

Nachdem wir meinen Koffer und Kleidersack verstaut hatten – dafür reichte der Platz gerade noch –, stieg ich auf den Beifahrersitz, und wir fuhren los.

„Willst du irgendwo stehen bleiben und Kaffee holen?" Marcus' Tonfall war neutral, aber nicht unfreundlich.

„Ja, es sei denn, du willst, dass ich einschlafe, noch bevor wir die Brücke überquert haben."

Er lachte leise. „Wo willst du hin?"

Zurück ins Bett und nicht auf diese Messe. „Ein paar Blocks von hier gibt es einen Supermarkt. Dort haben sie auch einen Starbucks."

Marcus grunzte eine Zustimmung, und einige Minuten später parkte er vor dem Supermarkt. Als ich meinen Sicherheitsgurt öffnete, fragte ich: „Willst du irgendwas?"

Er hielt einen Reisebecher von 7-Eleven hoch. „Ich bin versorgt."

„Okay. Bin gleich wieder da."

Allein der Spaziergang vom Wagen zum Geschäft war fast ausreichend, um mich zur Gänze wach zu bekommen. Selbst für Februar war es arschkalt. Was mich zu der Frage brachte, ob Marcus die Wettervorhersage überprüft hatte. Wir mussten über die Berge, durch Eastern Washington und nach Idaho. Wahrscheinlich lag bereits Schnee, und es konnte noch mehr schneien. Würden wir Schneeketten brauchen? Hatten wir überhaupt Ketten?

Ich bemerkte die Wärme des Supermarkts kaum, als ich

durch die automatischen Schiebetüren trat. Meine Gedanken rasten und gingen die schlimmsten Schlechtwetterszenarien durch, ebenso wie jede Möglichkeit, die Marcus übersehen haben mochte. Als ich an die Theke trat, um meinen Kaffee zu bestellen, war ich ganz hibbelig. Gott sei Dank gab es keine Schlange; wahrscheinlich, weil die meisten Leute noch selig in ihren warmen Betten schliefen, statt um diese Uhrzeit auf den Beinen und „funktionsfähig" zu sein. Ich bestellte, bezahlte und wartete, während ich mein Gewicht verlagerte und auf meiner Lippe kaute, denn ich musste zurück zum Lieferwagen und dafür sorgen, dass wir nicht in einer Schneewehe landeten.

Mit dem Kaffee in der Hand eilte ich zum Van zurück. Kaum hatte ich die Tür geschlossen, sagte ich: „Hast du das Wetter für den Pass und Idaho gecheckt? Und wir haben doch Schneeketten, richtig? Mach –"

„Reuben." Der strenge Tonfall meines Namens brachte mich zum Schweigen. Marcus lächelte über der Mittelkonsole. Das helle Licht vom Supermarkt warf scharfe Schatten auf sein Gesicht. Er griff zwischen seinen Sitz und die Tür und zog ein Clipboard heraus. „Ich bin dir zehn Schritte voraus."

Ein Blick aufs Clipboard reichte, und meine ganze Panik war auf der Stelle verschwunden. Natürlich hatte Marcus an alles gedacht. Wie immer.

Ich schluckte, stellte den Kaffee in den Becherhalter und ließ mich entspannt gegen meinen Sitz sinken. „Und wir haben Ketten?"

„Natürlich."

„Oh. Okay. Gut." Jetzt kam ich mir wie ein Idiot vor. Falls es jemanden auf diesem Planeten gab, der möglicherweise noch pedantischer war als ich, dann saß er gerade direkt neben mir. Dieser Mann nahm Organisation und Koordination genauso ernst wie ein Fluglotse.

Keiner von uns sagte etwas, als Marcus zurück auf die Straße fuhr und auf die Interstate 90 zuhielt. Seattle schlief größtenteils noch, also ließen wir die Stadt rasch hinter uns und überquerten Lake Washington. In kürzester Zeit waren wir an Bellevue und Issaquah vorbei, und es würde nicht lange dauern, bevor wir auch North Bend hinter uns ließen. Bei diesem Tempo würden wir über dem Snoqualmic Pass sein, noch bevor die Sonne aufgegangen war.

„Falls du willst, dass ich fahre", sagte ich, als ich meinen jetzt leeren Becher zurück in die Halterung stellte, „dann sag es einfach."

„Ist im Moment nicht nötig. Danke."

Und ... Schweigen. Wieder einmal. Ich dachte daran vorzuschlagen, dass wir das Radio einschalten sollten, aber sobald wir in den Bergen waren, würde der Empfang nachlassen. Es hatte keinen Sinn, es jetzt anzumachen, nur um es später wieder auszuschalten. Es war eine Schande, dass die Wartungsabteilung nie dazu gekommen war, dass uralte AM/FM-Radio in diesem Van gegen etwas auszutauschen, das XM oder einen anderen Satellitenempfang hatte, der auch in den Bergen funktionierte.

Ich starrte aus dem Fenster, aber natürlich war es draußen noch immer stockdunkel, also konnte ich nicht viel sehen. Nun, abgesehen von meinem eigenen, halb durchsichtigen Spiegelbild. Und Marcus'.

Ich ertappe mich dabei, auf sein Spiegelbild zu starren, während er fuhr. Er war kaum auszumachen – nur ein paar Gesichtszüge, die vom schwachen, blauen Leuchten der Armaturen und dem wenigen Licht, das die Scheinwerfer auf dem Asphalt zurückwarfen, beleuchtet wurde. Doch das reichte. Vor Jahren hatte ich mir sein Gesicht eingeprägt, also ergänzte mein Gedächtnis all das, was die Dunkelheit verbarg.

Je länger das Schweigen andauerte, desto schneidender wurde es. Selbst nach unserer Trennung, selbst nachdem er angefangen hatte, mit seinem mittlerweile Ex-Freund auszugehen und ich meine zukünftige Ex-Frau geheiratet hatte, waren wir immer Freunde geblieben. Diese Befangenheit? Diese Distanz? Das waren nicht wir. Waren wir nie gewesen. Nicht bis zu dieser verdammten Weihnachtsfeier.

Also was sollen wir jetzt tun?

Er war immer besser darin gewesen, über Gefühle und so einen Scheiß zu reden. Ich konnte mich ihm anschließen, sobald er mich zu den richtigen Worten geleitet hatte, aber ich hatte ihm immer die Führung bei diesen Gesprächen überlassen müssen. Ich war einfach nicht dafür geschaffen. Ich war echt mies darin. Was auch auf meine Ex-Frau zutraf; die *unüberbrückbaren Differenzen* auf meinen Scheidungspapieren hätten genauso gut *wir sind total mies im Miteinanderreden, besonders er* lauten können. Zum Teufel, unzählige Male war ich zu Marcus gegangen und hatte ihn gefragt, wie ich diese oder jene Sache meiner Frau gegenüber zur Sprache bringen konnte.

Jetzt ist sie weg, du bist da drüben, und ich habe keine Ahnung, wie ich das in Ordnung bringen soll.

Oh ja. Ich war in der perfekten geistigen Verfassung, um die nächsten paar Tage in seiner unmittelbaren Nähe zu verbringen.

Scheiße.

Die I-90 brachte uns auf ihren Schleifen durch die

Ausläufer der Cascades zum Snoqualmie Pass. Während wir weitere Höhenmeter hinter uns legten, wurden aus den weißen Flecken am Straßenbankett tiefe, schmutzige Schneewehen. Wir kamen an wiederholten Warnungen vor Glatteis vorbei. Marcus nahm die Kurven extra langsam und behielt die Kontrolle, selbst als der Van einige Male auszubrechen versuchte. Es war gut, dass er fuhr – ich war ein ausgezeichneter Fahrer auf Schnee, hatte aber noch nie einen schwer beladenen Lieferwagen unter diesen Umständen gefahren. Schon gar nicht im Dunkeln.

Beinahe drei Stunden nach unserer Abreise aus Seattle hatten wir fünfundachtzig Meilen hinter uns gebracht. Der Himmel war noch immer dunkel, das Schweigen hing noch immer schwer zwischen Marcus und mir, als er in Cle Elum von der Interstate abbog, einer winzigen Stadt nicht weit hinter dem Pass.

„Ich muss etwas essen", erklärte er, als er vor einer roten Ampel hielt. „Willst du auch was?"

Ich zuckte mit den Schultern. „Ich könnte was vertragen."

„Sollen wir uns einfach Fast Food holen und weiterfahren? Oder willst du dich irgendwo reinsetzen?"

Bei dem Gedanken, sich für eine Mahlzeit hinzusetzen, besonders ohne einen Puffer potentieller, zu umwerbender Kunden, wollte ich würgen. Doch das wollte ich nicht sagen. Die Stimmung zwischen uns war schon merkwürdig genug. „Du bist der Fahrer. Was immer dir lieber ist."

Er suchte ein Lokal aus, in dem man sich hinsetzen konnte. Verdammt.

Es war eines dieser Diner für Trucker, die die ganze Nacht offen hatten. Die Speisekarte konnte im Prinzip zusammengefasst werden mit *Reuben, falls du etwas bestellst, wird dich deine Personal Trainerin dafür bezahlen lassen, aber hoffentlich wird sie nachsichtig sein.* Schließlich war das eine Geschäftsreise, es war noch nicht einmal sieben Uhr an diesem verdammten Morgen, und ich war mit meinem Ex-Freund und unserer gigantischen Menge an unausgesprochenen Problemen unterwegs. Der Stress allein ließ mich wahrscheinlich genügend Kalorien verbrauchen, um Kekse, Bratensauce oder sonst was zu rechtfertigen.

Doch ich bestellte weder Kekse noch Bratensauce. Ich entschied mich für ein leichtes, vegetarisches Omelett mit Käse und einen englischen Muffin. Und natürlich Kaffee.

Doch was ich serviert bekam, war ein vegetarisches Omelett, das irgendwo unter einer zentimeterdicken Schicht aus geschmolzenem Cheddar versteckt war, und eine Beilage Pommes Frites, die ausgereicht hätte, um die gesamte Wirtschaft Idahos zu unterstützen, und wie zum Teufel hatte ich den Teil mit dem Stapel Pfannkuchen von der Größe meines Kopfes übersehen?

Vergib mir, Trainerin, denn ich werde gleich sündigen.

Auf der anderen Seite des Tisches betrachtete Marcus einen ähnlichen Berg Essen, der vor ihm aufgeschichtet war. „Sollen wir … Sollen wir das alles auf einmal aufessen?"

„Ich glaube schon." Ich blinzelte einige Male. „Ich bin ziemlich sicher, dass es nur eine Mahlzeit ist. Dass es danach auch noch Mittagessen gibt."

„Oh mein Gott", murmelte er. Dann lachte er leise. Ebenso wie ich. Unsere Blicke trafen sich über dem Tisch und –

Das Lachen erstarb sofort.

Richtig. Da bist du. Und ich. Und die Stimmung ist seltsam. Tut mir leid.

Wir ließen beide dem Blick auf die Sicherheit unseres

Frühstücks fallen und sagten nichts, als wir zu essen anfingen. Ich zog ihn nicht damit auf, weil er sein Omelett in Steaksauce ertränkt. Er neckte mich nicht, weil ich die Marmelade ohne Butter direkt auf meinen englischen Muffin strich. All die üblichen Scherze – die wir so gut kannten, dass wir sie mit einigen Blicken und einem schiefen Grinsen übermitteln konnten – fehlten. Natürlich taten sie das.

Und plötzlich hatte ich überhaupt keinen Hunger mehr.

Marcus legte die Gabel weg und räusperte sich. „Wir, ähm, haben unsere Unterhaltung von gestern nicht beendet."

Mir wurde ganz flau. Definitiv nicht mehr hungrig. Auch ich legte meine Gabel beiseite und schob den kaum angerührten Teller von mir. „Nein. Haben wir nicht."

Über dem Tisch trafen sich unsere Blicke. Ich sah ihm direkt in die Augen. Seine warmen braunen Augen, die noch immer so hinreißend waren, selbst wenn er so müde und besorgt war.

Werden wir die Unterhaltung jetzt beenden?

Ich schluckte und ignorierte den Klumpen Blei in meinen Eingeweiden. Falls ich je gewollt hatte, dass er die Führung übernahm und eine Unterhaltung in Gang brachte, war es jetzt.

Marcus kaute auf der Innenseite seiner Wange. Als er den Blick fallen ließ, brachte mich die Enttäuschung fast um.

Aber dann sagte er: „Es gibt da etwas, das ich wissen muss."

Um meiner Hand etwas zu tun zu geben, stocherte ich in meinem Omelett herum. „Ja?"

Einen schmerzhaft langen Moment starrte er auf sein

Essen. Schließlich flüsterte er: „Lasst du und Michelle euch scheiden wegen dem, was im Dezember passiert ist?"

Ich atmete aus, legte die Gabel wieder beiseite und lehnte mich an die harte Bank. „Es ..." Darauf gab es keine einfache Antwort, oder? „Irgendwie ja. Irgendwie nein."

Seine Stirn legte sich in Falten. „Was soll das bedeuten?"

Jetzt war ich an der Reihe, den Blickkontakt zu unterbrechen. Ich starrte auf das Essen, das keiner von uns anrührte, und überlegte, wie ich am besten erklären sollte, wie es dazu gekommen war.

„Nebenbei bemerkt", sagte er leise, „ich wollte nicht, dass das passiert. Ich wollte nie irgendwelche Probleme zwischen –"

„Ich weiß." Wieder erwiderte ich seinen Blick. „Das habe ich keine Sekunde lang bezweifelt."

Er legte den Kopf schief, sagte aber nichts.

Ich holte tief Luft. „Hör zu, sie und ich hatten bereits Probleme. Schon eine ganze Zeit lang stand eine Trennung im Raume. Es war nur ... Keiner von uns wusste so recht, wie er das am besten zur Sprache bringen sollte."

„Also war ein betrunkener Dreier mit deinem Ex-Freund ... was? Ein letzter Rettungsversuch, weil keiner von euch einen anderen Grund finden konnte, um Schluss zu machen?"

Ich wusste nicht, was mich mehr überraschte – die Kälte der Anschuldigung oder der Unterton von Schmerz. „Nein. Das war es nicht." Ich schüttelte den Kopf. „Wir waren betrunken. Du warst betrunken." Seufzend machte ich eine wegwerfende Geste. „Die Sache ist aus dem Ruder gelaufen."

Marcus schob das Kinn vor, und die Härchen auf meinem Nacken richteten sich auf. Ich kannte diesen

Blick. Meine Antwort mochte die rohe, ungeschminkte Wahrheit sein, aber irgendwie war sie die falsche Antwort. Seine Stimme blieb ausdruckslos und kühl. „Wenn ich es nicht gewesen wäre, dann wäre es jemand anderer gewesen."

Ich blinzelte. „Ich ... Ehrlich, ich weiß es nicht. Wir haben nie darüber geredet, mit dir oder jemand anderem einen Dreier zu haben. Jedenfalls nicht ernsthaft." Als das nicht die Härte aus seinem Gesichtsausdruck vertrieb, seufzte ich. „Wir haben nicht nach dem nächstbesten warmen Körper gesucht. Sie hat gewusst, dass ich mich noch immer zu dir hingezogen gefühlt habe, und sie hat gedacht, dass du heiß bist. Als wir also alle zur gleichen Zeit am gleichen Ort waren und jeder die Hemmungen verloren hat ..." Ich zuckte andeutungsweise mit den Achseln. „Es ist einfach passiert. Ich kann dir keinen rationalen Grund dafür nennen. Alles, was ich dir sagen kann, ist, dass wir dich nicht benutzt haben, um unsere Ehe zu retten oder zu zerstören."

„Aber es hat deine Ehe zerstört." Es war keine Frage.

„Es ..." Ich seufzte erneut. „Es hat uns eine Menge Dinge erkennen lassen, die wir schon lange Zeit ignoriert haben."

„Wie was zum Beispiel?"

Ich hielt seinen Blick gefangen.

Wie unrettbar kaputt meine Ehe wirklich war.

Wie meine Gefühle für dich im Vergleich zu meinen Gefühlen für sie ausgesehen haben.

Wie viel mehr es wehgetan hat, dich zu verlieren als sie.

Aber ich wusste nicht, wie ich etwas davon laut aussprechen sollte. Nicht, ohne die Atmosphäre zwischen uns noch befangener zu machen. Ich konnte nicht riskieren, ihn noch weiter wegzuschieben, als er bereits war.

Außerdem hatte ich keine Ahnung, wie ich auch nur einen Bruchteil davon in Worte fassen sollte.

Ich unterbrach den Blickkontakt und sah aus dem Fenster. Tageslicht begann gerade, den Rand des dunklen Himmels zu erwärmen. „Wir sollten aufbrechen. Willst du, dass ich eine Zeit lang fahre?"

KAPITEL 4

MARCUS

Sobald die Frage aus Reubens Mund kam, war ich geknickt. Ich kannte ihn zu lange, um sie nicht als genau das aufzufassen, was sie war – seine Art, sich zu verschließen. Falls ich versuchte, ihn jetzt zu bedrängen, würde er einfach nur weiter Mauern errichten, bis einer von uns die Beherrschung verlor, und dann hätten wir einen handfesten Streit.

So viel dazu, die Atmosphäre zwischen uns zu verbessern.

Mit einem Seufzen legte ich meine Serviette auf den Tisch neben das Essen, das ich kaum angerührt hatte. „Ich kann weiterfahren. Lass mich nur schnell einen Kaffee zum Mitnehmen holen."

Reuben nickte, sagte aber nichts. Natürlich sagte er nichts.

Ich schätzte, ich durfte nicht so auf ihn sauer sein wie sonst, wenn er so etwas gemacht hatte. Er und Michelle hatten sich erst vor Kurzem getrennt. Nur wenige Tage nach der Weihnachtsfeier. Es war schwer, sich nicht vorzustellen, dass die Aktivitäten in jener Nacht nicht zu ihrer Trennung geführt hatten, aber ich konnte es ihm nicht verdenken, dass er nicht darüber reden wollte. Ihn dazu zu bringen, über etwas zu reden, war immer so gewesen, wie einem Stein Blut abzuzapfen, aber vielleicht war es auch nur zu früh dafür. Vielleicht musste er zuerst eine Weile seine Wunden lecken.

Und vielleicht, nur vielleicht ist es im Moment keine gute Idee, uns zusammen in einen Wagen zu werfen und uns dazu zu zwingen, eine Woche in unmittelbarer Nähe von einander zu verbringen.

Nicht, dass einer von uns – oder Reubens Vater – viel Wahl gehabt hatte. Darüber hinaus hatten wir uns vor nicht allzu langer Zeit geschworen, nicht zuzulassen, dass unsere romantische Vergangenheit unsere Arbeit beeinträchtigte. Niemand auf der Arbeit wusste, dass wir ein Paar gewesen waren, und ich wollte das auch so belassen. Was bedeutete, dass es keine taktvolle Möglichkeit gegeben hatte, Bob Kelly mitzuteilen, dass wir diese Reise nicht zusammen unternehmen konnten.

Ich behielt meine Frustration und Resignation so weit unter der Oberfläche, wie ich konnte, und winkte der Kellnerin nach der Rechnung.

„Wollen Sie ein paar Schachteln?", säuselte sie.

Ich betrachtete das Essen und fühlte mich schuldig, sie zu bitten, alles wegzuwerfen. Also nickte ich, obwohl ich in meiner Zukunft keine aufgewärmten Eier, Kartoffeln oder Pfannkuchen sah. „Das wäre toll. Danke."

Unter normalen Umständen hätte Reuben spielerisch die Augen verdreht und mich aufgezogen, weil ich Essensreste mitgenommen hatte, die ich wahrscheinlich nicht essen würde. Früher hatte es mich genervt, wenn er das tat. Jetzt wünschte ich mir, er würde es tun.

Nachdem wir die Rechnung bezahlt und unsere Schachteln mit Essen genommen hatten, gingen wir zurück zum Lieferwagen. Noch bevor ich den Parkplatz verlassen hatte, tippte Reuben auf seinem Handy herum. Wahrscheinlich eine Arbeits-E-Mail. Ich war nicht sauer – meine Inbox ging vermutlich bereits über, und sobald ich nicht mehr hinter dem Steuer saß, würde ich mich ebenfalls auf mein Handy stürzen. Außerdem machte es das Schweigen zwischen uns ein bisschen weniger seltsam, wenn er etwas zu tun hatte. Ein kleines bisschen.

Während wir auf der I-90 dahinfuhren und Reuben sich um die Krisen kümmerte, die in der Planungsabteilung ausbrachen, hatte ich nichts weiter zu tun, als auf die Straße zu blicken und an die Nacht der Weihnachtsfeier zu denken.

So betrunken waren wir gar nicht gewesen. Alle drei von uns hatten einige Drinks – genug, um uns etwas lauter als sonst zu machen, inklusive Reuben, der notorisch introvertiert war –, aber keiner war völlig besoffen oder weggetreten. Michelles Schwips war groß genug, um einige spielerische Bemerkungen über Reuben und mich zu machen. Reubens Schwips war groß genug, um darüber zu lachen, statt sich unbehaglich zu fühlen. Und am Ende des Abends war mein Schwips groß genug, um vorzuschlagen, dass wir unser Geld in ein einziges Taxi stecken sollten, statt eines für sie und eines für mich zu rufen.

Zu dritt zwängten uns auf den Rücksitz eines Fords, was zu Witzen über die zwischen uns eingeklemmte Michelle führte (und wir waren alle nüchtern genug, um daran zu denken, dass ein Scherz über ein „Reuben-Sandwich" ihn würgen lassen würde, weil er das Gericht mit diesem Namen ekelhaft fand). Irgendwann während der Fahrt hörten diese Witze auf, Scherze zu sein. Und irgendwo zwischen der Party und ihrem Haus hatten wir entschieden, dass mich das Taxi danach nicht nach Hause bringen musste.

Ja, der Alkohol hatte unsere Hemmschwelle gesenkt, aber ich wehrte mich gegen die Vorstellung, dass es ein betrunkener Dreier war. Dass irgendjemand in diesem Zimmer, in diesem Bett, etwas anderes als begeistert bei der Sache war. Ich vögelte nie Leute, wenn sie betrunken genug waren, um etwas Dämliches zu tun, und falls ich selbst so dicht gewesen wäre, hätte ich, lange bevor wir irgendwas anstellen konnten, mit dem Kopf über der Kloschüssel gehangen.

Nein, wir waren alle bei klarem Verstand gewesen.

Wenn nicht, wäre die Sache vielleicht anders. Vielleicht wäre ich zu betrunken gewesen, um diesen langen Kuss auf Reubens Mund zu drücken. Vielleicht wäre er zu dicht gewesen, um etwas anderes als Geilheit zu fühlen, und vielleicht hätte er mich dann nicht so angesehen.

Meine Kehle schmerzte bei der Erinnerung an diesen Blick, den wir austauschten, als er den Kuss beendete. Einige Herzschläge vergaß ich, dass jemand anderer existierte, selbst während ich in Reubens Frau steckte. Nur wenige Sekunden, das war alles, aber es erschütterte mich bis ins Mark. Nach all der Zeit wieder nackt und intim mit ihm zu sein, brachte jedes Gefühl, das ich je für ihn empfunden hatte, direkt an die Oberfläche, und das Wissen, dass er außerhalb meiner Reichweite war, versengte alle Emotionen. Es war berauschend und qualvoll, und ich war noch nie jemandem so nahe und gleichzeitig so weit von ihm entfernt gewesen.

Wenn wir betrunken genug gewesen wären, damit diese Nacht als betrunkener Dreier durchging, wäre dieser Moment nie geschehen.

Und Michelle hätte es nie bemerkt.

Aber er war geschehen, und sie hatte es bemerkt. Sie hatte kein Wort gesagt, aber ... Es war ihr aufgefallen. Wir machten weiter, aber danach war niemand mehr mit vollem Herzen bei der Sache. Ich verabschiedete mich, fuhr nach Hause und verbrachte das ganze Wochenende voller übelkeitserregender Schuldgefühle wegen dem, was in dem Moment durch ihren Kopf gegangen sein musste, ganz zu schweigen davon, dass ich mir selbst übelnahm, Reuben nach all der Zeit noch immer anzuschmachten.

Ich gab mir damals das Versprechen, mich am Montag mit Reuben zusammenzusetzen. Wir würden alles bereden, alles zwischen uns bereinigen, und vielleicht konnte ich eine Möglichkeit finden, mich bei Michelle zu entschuldigen, ohne alles nur noch schlimmer zu machen.

Aber am Montagmorgen kam Reuben nicht in die Arbeit, und ich brauchte nicht lange, um herauszufinden warum. Bis Mittag machte das Gerücht in der ganzen Firma die Runde – Michelle war dabei, aus ihrem Haus auszuziehen. Um fünf Uhr nachmittags wurde das Gerücht bestätigt. Reuben und Michelle ließen sich scheiden.

Ich umklammerte das Lenkrad des Vans, während ich auf die Interstate starrte und das Brennen in meinen Augen durch reine Willenskraft zum Verschwinden zwang. Ich wagte nicht, mir über die Augen zu wischen. Ich wollte nicht, dass Reuben es bemerkte, besonders, da er nicht nachfragen würde. Er würde verdammt genau wissen, was mir durch den Kopf ging, würde aber nicht nachfragen, und wir würden einfach in diesem elenden Schweigen verharren, denn wir wussten beide, was er nicht aussprechen wollte.

Er und Michelle hatten mich in ihr Bett eingeladen.

Innerhalb weniger Tage war ihre Ehe zu Ende gewesen.

Jetzt war die Stimmung zwischen mir und Reuben unerträglich befangen.

Ich wusste nicht wie – oder ob überhaupt – wir das wieder geradebiegen konnten.

Wir hatten beide unseren Appetit verloren und zum Frühstück nur wenige Bissen gegessen, was einen unglücklichen Nebeneffekt hatte – binnen einiger Stunden waren wir beide völlig ausgehungert.

Natürlich waren wir gerade da in einem dieser weiten Landstriche landwirtschaftlicher Nutzfläche und nichts anderem. Ich traute Essen von der Tankstelle nicht und bezweifelte, dass einer von uns lange genug stehen bleiben wollte, um in ein Diner zu gehen – besonders, da es bedeutete, dass wir noch viel später nach Boise und aus diesem Van herauskamen –, also blieb im Prinzip nur noch Fast Food aus einem Drive-thru-Restaurant.

Ich räusperte mich. „Hast du noch immer ein Signal?"

Reuben nahm das Handy von seinem Bein. „Drei Balken."

„Kannst du nachsehen, ob hier bald irgendein Lokal kommt? Idealerweise ein Drive-thru?"

Er gab keine Antwort, aber als ich ihm einen Blick zuwarf, tippte er auf seinem Handy herum. Eine Sekunde später sagte er: „Hinter der nächsten Ausfahrt gibt es ein Dairy Queen, aber das ist noch ungefähr zehn Meilen von hier entfernt."

„Klingt gut."

Schweigen folgte uns die Auffahrt hinunter, über die kurvenreiche Straße durch Farmland und auf den Parkplatz eines nahezu verlassenen Dairy Queen-Lokals. Der Drive-thru war geschlossen, höchstwahrscheinlich wegen der riesigen Schneewehen und der breiten, glänzenden Eisplatten. Also gingen wir hinein, bestellten und kehrten mit einigen Burgern und Limo zum Lieferwagen zurück. Es nervte mich unglaublich, dass er keinen Witz darüber machte, einander zu versprechen, dem Trainer des anderen nichts über den Mist zu sagen, den wir gleich essen würden. Bei unserem Workout legten wir beide religiösen Eifer an den Tag und hielten uns streng an unsre Diät, und sich Fast Food reinzustopfen, machte nicht annähernd so viel Spaß ohne gelegentliches verschwörerisches Lachen und Schweigegelübde.

Wir stiegen in den Van, und ich ließ den Motor an, während er seinen Burger auswickelte, fuhr aber noch nicht vom Parkplatz. Trotz meines knurrenden Magens nahm ich mein Sandwich nicht aus der Tüte.

Ich ignorierte meine Nervosität und sagte: „Ich denke, wir sollten reden."

Reuben hörte auf zu kauen, und sein Blick huschte zu mir. Er hatte die Augen alarmiert aufgerissen. Ja, das war eine Sache, die sich nie ändern würde – Reuben *hasste* unangenehme Gespräche. Nicht, dass irgendjemand sie mochte, aber er war nahezu allergisch darauf.

„Hör zu." Ich drehte mich auf meinem Sitz um, sodass ich ihm zugewandt war. „Mir gefällt das genauso wenig wie dir, aber die nächsten paar Tage kommen wir einander nicht aus. Ab morgen werden wir sogar zusammen *arbeiten* müssen. Die ganze Zeit."

Er nickte und wandte den Blick von mir ab, während er weiter kaute. Nachdem er hinuntergeschluckt hatte, sagte er: „Ja, ich weiß."

„Also sollten wir wirklich reinen Tisch machen."

Reuben zuckte zusammen. Er betrachtete seinen

Burger, und ein Stich schlechten Gewissens traf mich im
Magen. Er musste etwas essen. Hätte ich nicht damit
warten können, das Thema zur Sprache zu bringen, bis er
seinen Appetit gestillt hatte? Allerdings nahm er dann den
nächsten Bissen. Diesmal einen kleineren, aber es war
ermutigend.

Obwohl mein eigener Appetit verschwunden war,
während wir dieses Gespräch führten, konnte ich das
Pochen in meinen Schläfen nicht ignorieren, also holte ich
meinen Burger aus der Tüte. Als ich ihn auswickelte, sagte
ich: „Bist du sauer wegen dem, was am Abend der Party
passiert ist?"

Reuben starrte zur Windschutzscheibe hinaus, den
Blick ohne Fokus, und kaute nachdenklich. Dann nahm er
einen Schluck Limo, und als er redete, behielt er seine
Aufmerksamkeit auf das Weizenfeld gerichtet. „Nicht auf
dich, nein."

Noch mehr Schuldbewusstsein. Verdammt. „Aber es
hätte nicht passieren sollen?"

Er seufzte und schüttelte langsam den Kopf. „Wahrscheinlich nicht."

Eine Minute oder so aßen wir schweigend. Ich
entschied, dass es zum Teil daran lag, weil wir beide wirklich etwas essen mussten, und zum Teil dazu diente, die
Wahrheit einsickern zu lassen – dass der Dreier, den wir
mit seiner Ex-Frau hatten, tatsächlich ein Fehler gewesen
war. Ich hatte es gewusst. Vermutlich hatte er es auch
gewusst. Doch es laut auszusprechen, verlieh dieser Wahrheit ein Gewicht, das vorher nicht da gewesen war. Aber ich
fühlte mich nicht besser, als wir es zur Sprache brachten.

Reuben knüllte seine leere Verpackung zusammen und
steckte sie in die Tüte. Einen Moment später machte ich

das Gleiche und stieg aus, um die Tüte in den schneebedeckten Abfalleimer zu werfen.

Als ich zurück auf die Straße fuhr, warf ich ihm einem
Blick zu. „Okay, also sind wir uns einig, dass es ein Fehler
war."

Er spannte sich an.

„Aber es ist ja nicht so, als ob wir in die Vergangenheit
reisen und es ändern könnten", fuhr ich fort. „Was mich
betrifft, tut es mir leid, falls das irgendwelche Probleme
zwischen dir und Michelle hervorgerufen hat. Falls ich das
ungeschehen machen könnte, würde ich es."

Reuben nickte, den Kiefer ganz verkrampft, sagte aber
noch immer nichts.

Ich trommelte mit den Daumen aufs Lenkrad und hielt
die Aufmerksamkeit auf die zweispurige Straße gerichtet,
die uns zurück auf die Interstate brachte. Ich setzte zum
Sprechen an, genau wie er, und wir machten beide eine
Pause und wechselten Blicke.

Ich räusperte mich. „Du zuerst."

Er rutschte unruhig auf seinem Sitz hin und her und
sagte schließlich: „Ich möchte ehrlich nicht, dass zwischen
uns eine so komische Stimmung herrscht."

Erleichterung durchströmte mich. „Will ich auch
nicht."

„Aber ... die Stimmung *ist* seltsam. War sie schon seit
der Weihnachtsfeier. Ich ..." Er zappelte noch mehr herum.
„Wie bringen wir das wieder in Ordnung?"

Ich kaute auf der Innenseite meiner Wange. Die
Auffahrt zur Interstate tauchte vor uns auf, und ich fuhr
zurück auf den Freeway, um uns nach Boise zu bringen.
„Ehrlich gesagt weiß ich das auch nicht. Alles, was mir
einfällt, ist, dass wir die Sache so gut wie möglich hinter uns

lassen und versuchen, wieder wie vorher befreundet zu sein."

„Klingt etwas, das leichter gesagt als getan ist."

„Ist es auch", gab ich zu. „Aber das ist es wert, richtig?"

Reuben trommelte mit den Nägeln auf die Mittelkonsole. „Ja. Ja, ist es. Und ich schätze, es wäre leichter, wenn wir nicht so zusammenkleben müssten."

„Vielleicht. Oder vielleicht ist das auch gut so."

„Wieso glaubst du das?"

„Nun ja." Ich zuckte mit den Schultern. „Falls uns dein Dad nicht zu dieser gemeinsamen Reise gezwungen hätte, was meinst du, wie lange es gedauert hätte, bis wir darüber reden?"

„Hm. Vermutlich eine ganze Weile." Er zog sein Getränk aus dem Becherhalter und nahm einen langen Schluck. „Aber ich glaube nicht, dass über Nacht alles wieder in Ordnung kommt."

„Muss es auch nicht." Wieder warf ich ihm einen Blick zu. „Wir sind beide Profis. Wir können diese Messe wie Erwachsene angehen, und wenn wir wieder zurück in Seattle sind, arbeiten wir am Rest."

Reuben schien darüber nachzudenken. „Okay. Okay, ja. Das schaffe ich."

„Ich auch." Ich warf ihm den nächsten, verstohlenen Blick zu. „Wir schaffen das."

Seine Miene erhellte sich ein wenig. „Ja. Wir schaffen das."

KAPITEL 5

REUBEN

Der Rest der Fahrt nach Boise verlief angenehmer. Wir waren noch nicht wieder dort angelangt, wo wir uns mühelos unterhalten konnten, wie wir es früher getan hatten, aber es war eine Verbesserung. Ich würde sie nehmen.

Aufgrund beschissener Straßenbedingungen auf dem Weg durch den Nordosten von Oregon und nach Idaho hinein – ich hasste Reisen im Winter –, ganz zu schweigen von einem Sattelschlepper, der aufgrund dieser beschissenen Straßenbedingungen den Geist aufgegeben hatte, war es fast sechs Uhr abends, als wir vor dem Hotel hielten. Die achtstündige Fahrt hatte sich in eine vierzehnstündige Reise verwandelt, und wir waren beide so müde, dass wir uns während des letzten Drittels beinahe stündlich mit dem Fahren abwechseln mussten. Und dann kam noch die Zeitverschiebung hinzu, also war es eigentlich schon sieben Uhr, und wer hätte gedacht, dass eine Stunde Zeitunterschied einen solchen Jetlag auslösen konnte?

Immerhin mussten wir uns nicht mit der Parkplatzsuche herumschlagen. Nachdem wir unsere Koffer aus dem

Wagen geholt hatten, überreichte Marcus die Schlüssel einem Parkwächter, und wir marschierten in die Lobby.

„Ich freue mich so, dass wir die Sachen erst morgen aufbauen", murmelte Marcus auf dem Weg durch die Drehtür. „Sonst hätte ich das ganze Zeug einfach niedergebrannt."

Ich schmunzelte. „Jetzt weiß ich, warum dich Dad auf solchen Messen nie die Schneidbrenner demonstrieren lässt."

Er lachte, und ich versuchte, mir nicht anmerken zu lassen, wie erleichtert ich war, dass ich ihn wieder zum Lachen bringen konnte. Wir waren noch nicht wieder auf festem Boden, aber endlich hatte ich wieder einen winzigen Hoffnungsschimmer, dass wir wieder dorthin gelangen konnten.

Eine ziemlich lange Schlange von Leuten wartete darauf einzuchecken, was vor einer großen Messe keine Überraschung war. Wahrscheinlich würden morgen doppelt so viele Leute auftauchen. Marcus hatte erklärt, dass er und die Außendienstmitarbeiter immer einen Tag früher kamen, damit sie Zeit hatten, in Ruhe den Stand aufzubauen und ein Geschäft für Bürobedarf zu finden, falls sie etwas vergessen hatten. So pedantisch er war, wenn es darum ging, Listen zu erstellen und alles bis ins kleinste Detail zu planen, konnte ich mir nicht vorstellen, dass er jemals irgendwas vergaß.

Sobald wir in der Schlange standen, erwachte Marcus, der Marketingmanager, zum Leben. Zwei kahlköpfige Männer in Anzügen begannen eine Unterhaltung mit ihm – offensichtlich kannten sie ihn –, und wie durch Zauberhand verschwanden seine Erschöpfung und Frustration. Die Veränderung war ganz plötzlich und dramatisch. In einem Moment schaffte er es kaum, aufrecht zu stehen, seine Lider waren gesenkt und sein Gang schleppend, als ob er nichts mehr wollte, als sich mit dem Gesicht voran auf ein Bett fallen zu lassen. Im nächsten Moment trug er ein breites Lächeln und seine Augen strahlten, während er mit den Leuten um uns herum plauderte. Er war ein ganz anderer Mensch.

Mit einer Hand auf meiner Schulter zog er mich sanft näher. „Kennen Sie schon Reuben Kelly? Bob Kellys Sohn? Er ist der Chef unserer Planungsabteilung."

„Wir haben uns noch nicht kennengelernt", sagte einer der Männer und streckte seine Hand aus, „aber wir haben schon miteinander telefoniert. Ich bin Roger West von Rocky Mountain Analytics."

„Oh, richtig!" Ich lächelte – nicht so mühelos wie Marcus, aber immerhin schaffte ich es – und schüttelte ihm die Hand. „Es ist schön, endlich ein Gesicht mit der Stimme zu verbinden."

Andere in der Schlange wandten sich uns zu, als ob sie von Marcus' Charisma magnetisch angezogen wurden, und binnen kürzester Zeit wurde ich freudestrahlend einem Dutzend Leute vorgestellt, mit denen ich telefoniert oder von denen ich gehört hatte, aber keinen von ihnen hatte ich je getroffen. Selbst als wir uns langsam der Rezeption näherten, hielt Marcus Hof inmitten der sich windenden Schlange und schien jeden müden Menschen im Raum mit nichts weiter als einem Händeschütteln und einem Lächeln zum Leben zu erwecken. Himmel. Ich hatte immer gewusst, dass er sehr gut in seinem Job war, aber ihn wirklich in seinem Element zu erleben, war ein unvergesslicher Anblick.

Ich konnte nicht sagen, ob die Schlange sich schnell bewegte oder die Zeit einfach schneller zu vergehen schien, während Marcus seinen Charme versprühte. Doch ehe ich mich versah, standen wir an der Rezeption. Danach dauerte es noch eine Viertelstunde, bis wir auf dem Weg zum Aufzug waren, und weitere fünf Minuten, bevor wir endlich in einen Lift *hinein* konnten.

Einige Außendienstmitarbeiter unseres Stahllieferanten befanden sich mit uns im Aufzug. Sie stiegen im vierten Stock aus, während wir bis hinauf in den neunten fuhren.

Sobald sich die Türen hinter uns geschlossen hatten und wir allein im Inneren des Lifts waren, ließ sich Marcus an die Wand sinken, schloss die Augen und ließ einen langen Atemzug entweichen. Diesmal war die Veränderung noch dramatischer als vorhin, als ob der Zauber gebrochen und alles Leben schlagartig aus ihm gewichen wäre. Ich hätte ihm eine Hand auf die Schulter gelegt, um sicherzugehen, dass er stehen blieb, falls auch nur etwas weniger Befangenheit zwischen uns geherrscht hätte.

„Alles okay?", fragte ich.

Er nickte mit geschlossenen Augen. „Ich hab nur einfach nicht mehr die Energie, heute mit Leuten umzugehen."

„Das hat vorhin anders ausgesehen."

Er sah mich an, und ein müdes Lächeln umspielte seine vollen Lippen. „Man darf die Leute nicht den Mann hinter dem Vorhang sehen lassen."

„Nicht einmal, wenn du nicht im Dienst bist?"

Marcus lachte leise und angestrengt, als ob es ihn wirklich Mühe kostete. Er blickte auf, als der Aufzug mit einem sanften Ruck und einem *Pling* stehen blieb. „Bei so einer Messe bin ich nie außer Dienst. Glaub mir."

Wir stiegen aus dem Aufzug und gingen den Flur hinunter zu unserem Zimmer. Als er die Schlüsselkarte aus dem Papierumschlag zog, verkrampfte sich mein Magen.

Unten war ich so fasziniert von seinem Charisma gewesen, dass ich nicht einmal mehr daran gedacht hatte, dass wir uns ein Zimmer teilten.

Er strich mit der Karte über den Sensor, und als das grüne Licht aufleuchtete und die Tür klickte, zog sich meine Kehle zusammen.

Marcus bekam davon nichts mit und schob die Tür auf.

Ich zögerte, folgte ihm aber dann.

„Bevorzugst du eins der beiden Betten?" Er schlurfte ins Zimmer und zog seinen Koffer hinter sich her, als ob dieser hundert Pfund wiegen würde.

„Äh. Nein. Keine Präferenzen."

„Gut." Er ließ seinen Koffer neben dem ersten Bett stehen, legte seine Kleidersack darüber und ließ sich dann unzeremoniell auf den Rücken aufs Bett fallen. „Oh mein Gott, ich freue mich so, endlich aus dem Van zu sein." Die Worte kamen als Ächzen heraus.

Ich lachte. Es war definitiv gut, dass wir vor ein paar Stunden geredet und einige Fortschritte auf dem Weg zur Klärung der Sache zwischen uns gemacht hatten. Sonst hätte ich seine Bemerkung persönlich genommen. Aber jetzt war die Stimmung zwischen uns etwas weniger befangen, und die Fahrt war wirklich anstrengend gewesen.

Ich ließ mich aufs andere Bett sinken. „Also, was steht heute Abend noch auf dem Plan?"

„Kein Plan." Marcus rieb sich mit den Händen übers Gesicht, ehe er sie an seine Seiten aufs Bett sinken ließ. „Abgesehen vom Zimmerservice, einer Dusche und Schlaf."

„Zimmerservice?"

„Fuck, ja."

„Flippt die Buchhaltungsabteilung bei sowas nicht aus?"

Er schnaubte. Mit einem fiesen Grinsen drehte er sich zu mir um. „Jetzt nicht mehr."

Ich zog eine Augenbraue hoch.

Schmunzelnd sah er wieder zur Decke. „Sie haben versucht, uns vorzuschreiben, dass wir keinen Zimmerservice benutzen dürfen, es sei denn, wir bezahlen selbst dafür. Dann ist mir klar geworden, wenn ich auf dem Zimmer esse, habe ich eine Mahlzeit und vielleicht ein Glas Wein. Wenn ich in der Bar oder einem Restaurant bin und potentielle Kunden auftauchen ..." Er zuckte mit den Schultern, und das Grinsen verwandelte sich zu dem armseligen Versuch vorgetäuschter Unschuld. „Tja, ich muss sie ja wohl einladen und verwöhnen, richtig?"

Ich lachte. „Du hast die Buchhaltung gelinkt, damit sie dir den Zimmerservice erlauben. Ich bin beeindruckt, Marcus. Wirklich."

„Verpfeif mich nur nicht an deinen Dad, okay?"

„Machst du Witze?" Ich nahm die Speisekarte für den Zimmerservice von dem Tisch zwischen den Betten. „Uns etwas aufs Zimmer kommen zu lassen, bedeutet, dass ich nicht hinausgehen und mit ..." Ich rümpfte die Nase. „... Menschen umgehen muss."

„Oh. Richtig. Das habe ich vergessen." Mit einem theatralischen Ächzen setzte er sich auf und schwang die Beine aus dem Bett. „Ich bin mit einem Ingenieur unterwegs."

Ich grunzte, während ich durch die Karte blätterte.

Marcus musterte mich, und als er wieder etwas sagte, war sein Tonfall ernster. „Kommst du damit zurecht? Mit der Messe, meine ich?"

Ich sah ihn unter gesenkten Wimpern an. „Ich habe es dir schon gesagt. Ich kann mich durchaus wie ein Profi benehmen, und wir kommen schon mit unseren –"

„Nein, nicht deswegen." Er schüttelte den Kopf. „Ich

kenne dich. Du bist introvertiert. Eine Menge Leute werden stundenlang direkt vor deiner Nase sein." Seine Stirn legte sich in Falten. „Bist du sicher, dass du kein Problem damit hast?"

Ich schluckte schwer. Die ganze Fahrt hierher war ich darauf konzentriert gewesen, ob ich in der Lage wäre, mit Marcus zurechtzukommen. Ich hatte keine Zeit gehabt, um an alles andere zu denken, was diese Messe beinhaltete. „Ich war, äh ... Ich war noch nie auf einer Messe. Also weiß ich es nicht."

Marcus strahlte spürbare Besorgnis aus. Er beugte sich vor, die Ellenbogen auf den Knien, und sah mir in die Augen. „Es wird überwältigend sein, okay? Im Prinzip baust du eine Drehtür zu deinem persönlichen Raum ein. Sogar für mich ist es überwältigend, besonders nach zwei oder drei Tagen."

„Oh fuck. Wenn es für dich schon viel ist ..."

„Ist es, aber es ist zu schaffen." Er zuckte mit den Schultern. „Ehrlich gesagt wirst du nicht so viel mit Leuten zu tun haben wie ich. Du bist für den Fall da, dass jemand mehr technische Details braucht, als ich ihm liefern kann, und für Demonstrationen. Falls es dir zu viel wird und du eine Pause brauchst, dann behalt einfach dein Handy eingesteckt und bleib in der Nähe. Ich schicke dir eine SMS, falls ich dich brauche."

Ich erwiderte seinen Blick, während sich ein Teil der Anspannung aus meinem Rücken und meinen Schultern löste. „Wirklich?"

„Natürlich." Ein schmales Lächeln tauchte auf seinem Gesicht auf. „Alle hier sind daran gewöhnt, mit Ingenieuren umzugehen, und glaub mir, du wirst nicht der einzige Ingenieur sein, der sich in seinem Zimmer oder an der Bar versteckt."

„Oh. Das ist ... das ist tatsächlich aufbauend."

Das Lächeln wurde breiter und brachte sein Gesicht zum Strahlen, als ob ich eine Erinnerung daran bräuchte, was mich ganz am Anfang zu ihm hingezogen hatte. Er war umwerfend, und dieses hypnotische Lächeln war nicht fair. Besonders nicht, wenn er diesen Bartschatten hatte, denn verdammt, dieser Mann war mit Stoppeln immer heiß gewesen.

Ich räusperte mich, als ich den Blickkontakt unterbrach, und richtete meine Aufmerksamkeit wieder auf die Speisekarte, die mir irgendwie nicht aus den Händen geglitten war. „Danke. Ich, äh, komme vielleicht auf dieses Angebot zurück." Ich riskierte einen weiteren Blick auf ihn. Yep. Er lächelte noch immer. War noch immer heiß. „Also, sollen wir Essen bestellen?"

„Definitiv." Er stemmte sich hoch und ging zu seinem Koffer. „Während du dir die Karte ansiehst, werde ich mir etwas Bequemeres anziehen." Er machte eine Pause und beäugte mich unsicher. „Sollen wir, ähm, irgendwelche Regeln festlegen für so was wie Klamottenwechsel?"

Gott. Du. Nackt. Oder auch nur ohne Hemd. Scheeeiße.

„Ähm." Ich schluckte hart. „Wir sind beide erwachsen. Ich glaube nicht, dass wir uns im Badezimmer verstecken müssen, um uns umzuziehen." *Allerdings könnte mich das vielleicht davon abhalten, den Verstand zu verlieren, bevor diese Woche vorbei ist.*

Er sah mich einen Moment lang an, dann wühlte er in seinem Koffer, zog ein Seahawks-T-Shirt und Sportshorts heraus und verschwand im Badezimmer.

Tja. Im Ankleidespiegel sah ich die Reflexion der Tür, die er hinter sich schloss. *Schätze, das beantwortet diese Frage.*

Aber vielleicht war es besser so. Keiner von uns war

besonders schüchtern, und natürlich hatten wir einander schon nackt gesehen. Aber so, wie die Sache in letzter Zeit gelaufen war ... Ja, ein wenig Diskretion war keine schlechte Idee.

Mit einem Seufzen richtete ich meine Aufmerksamkeit wieder auf die Speisekarte und versuchte, etwas Leckeres zu finden.

———

Am nächsten Tag war Marcus seltsam schweigsam. Wir waren uns einig gewesen, auf einen Wecker zu verzichten, denn das war bis zum Ende der Messe unsere letzte Chance auszuschlafen. Außerdem befanden wir uns in einer anderen Zeitzone. Es reichte schon, die Uhren eine Stunde vorzustellen, um uns aus dem Tritt zu bringen.

Also verließen wir aufgrund der Zeitumstellung und des Luxus von Faulheit das Zimmer erst kurz vor elf. In der Hotellobby herrschte gehöriger Trubel, und es dauerte eine gute Viertelstunde, bevor ein Parkwächter unseren Van bringen konnte. Vom Hotel aus mussten wir nur auf die andere Straßenseite zur Ladezone des Messezentrums fahren. Danach konnten wir zu Fuß von unserem Zimmer zur Messe gehen, was in der Eiseskälte ja so viel Spaß machte.

Wir luden alles aus dem Lieferwagen und verstauten es an unserem Stand, zusammen mit den größeren Teilen, die vorausgeliefert worden waren. Wir packten Aufsteller aus, hängten Banner auf, verbanden Elektronik, füllten Prospektständer ... Und während der ganzen Zeit sagte Marcus kaum ein Wort.

Es war nicht so, dass er nur still oder mit den Gedanken woanders war. Es hatte den Anschein, als ob er sich völlig in

sich selbst zurückgezogen hätte. Als ob er kaum irgendje-
manden oder irgendetwas bewusst wahrnähme.

Während ich sorgfältig einige Kataloge nach einem
Plan schlichtete, den er angefertigt hatte – er dachte wirklich an alles –, beobachtete ich ihn unruhig. Was zum
Teufel war los? Ich hatte gedacht, dass wir letzte Nacht
einen Durchbruch erzielt und diesen ganzen Mist hinter
uns gelassen hatten, der gut zwei Monate zwischen uns
gestanden hatte. Wir hatten es geschafft, leichte, oberfläch-
liche Konversation zu führen über die Messe, das Abendessen und welche dämliche Fernsehsendung wir uns
anschauen sollten, bis es Zeit zum Schlafen war, und es war
beinahe einfach gewesen. Wie zum Teufel hatten wir so
schnell einen Rückschlag erleiden können?

Nur dass es anders war. Oder zumindest wirkte es so,
da er anscheinend nicht nur mich ausschloss. Statt mich
und ein paar andere Leute von einem unserer Zulieferer
zum Mittagessen ins Restaurant zu begleiten, war er unter
dem Vorwand am Stand geblieben, sichergehen zu müssen,
dass der Projektor wunschgemäß funktionierte. Als ein
Mitarbeiter des Messezentrums vorbeikam, um ihn etwas
zu fragen, waren Marcus' Antworten kurz angebunden,
nahezu knapp. Als er mit dem Haustechniker über einen
fehlerhaften elektrischen Anschluss reden musste, sprach er
völlig monoton und klang entweder desinteressiert oder
gereizt. Natürlich war er noch immer höflich, aber nicht
unbedingt freundlich.

Ernsthaft – was zur Hölle war los?

Als wir nach dem Aufbau zu unserem Zimmer gingen,
betrachtete ich ihn aus dem Augenwinkel und fragte mich,
wie um alles in der Welt ich herausfinden – und bereinigen
– sollte, was immer das Problem war. Ich war nie gut darin
gewesen, auf Leute zuzugehen. Noch nie. Falls eine Unter-

haltung auch nur ein klitzekleines Potenzial besaß, unangenehm oder peinlich zu werden? Ich würde sofort das Weite
suchen.

Aber die nächsten paar Tage würde ich praktisch an
Marcus' Seite kleben. Falls er mir die kalte Schulter zeigte,
würde es damit enden, dass wir einander umbrachten.

In unserem Zimmer ließ sich Marcus auf die Bettkante
sinken, den Blick auf sein Handy fixiert. Als ich ihn beobachtete, schlug mein Magen einen Salto allein bei dem
Gedanken, das Thema anzuschneiden. Oder auch nur
allgemein mit ihm zu reden, da ich keine Ahnung hatte, wo
er mit seinen Gedanken war oder ob ich etwas falsch
gemacht hatte.

Mein Blick huschte zu meinem Bett, das nur einen
halben Meter von seinem entfernt war. Zu unseren Koffern,
die nebeneinander an der Wand standen. Unseren Kleider-
säcken, die nebeneinander im offenen Schrank hingen.
Fuck. Meine Unfähigkeit für unangenehme Unterhal-
tungen war echt beschissen, aber das würde auch der Rest
der Woche sein, wenn ich sie in unmittelbarer Nähe zu
jemandem verbringen musste, der mich entweder ignorierte
oder, noch schlimmer, im Stillen über etwas brütete, über
das wir später streiten könnten.

Okay. Los geht's.

Ein tiefer Atemzug.

Fuck.

„Hey." Ich schluckte meine Nervosität hinunter, und
als er zu mir aufblickte, schlug mein Herz noch schneller.
„Ist, äh ..." *Oh Gott. Fuck. Wie soll ich das angehen?*

Seine Augenbrauen kletterten in die Höhe, auch wenn
seine Augen weiterhin seltsam ausdruckslos schienen.
„Hm?"

Ich befeuchtete meine trockenen Lippen. „Ist ... alles

okay? Zwischen uns? Ich meine, ich habe gedacht, dass wir ein paar Sachen glattgebügelt haben, aber den ganzen Tag heute ..." Es war das Beste, was ich zusammenbrachte. Nicht einmal ein ganzer Satz und mir war bereits die Puste ausgegangen.

Marcus ließ die Schultern sinken. Ebenso wie den Blick. Dann legte er sein Handy weg, beugte sich vor und stützte die Ellenbogen auf die Knie. „Tut mir leid." Er atmete aus und rieb sich mit beiden Händen über den Nacken. „Wahrscheinlich hätte ich dich deswegen vorwarnen sollen."

„Wegen ..." Ich blinzelte, trat dann vorsichtig näher und setzte mich auf die Kante des anderen Bettes. „Wegen was?"

Mit gesenktem Kopf knetete Marcus weiterhin seinen Nacken. „Die anderen Außendienstler nennen es sozialen Winterschlaf. Mir war nicht einmal bewusst, dass ich es mache, bis mich einer von ihnen darauf hingewiesen hat, aber irgendwie, ich weiß nicht, schotte ich mich ungefähr einen Tag, bevor eine Messe anfängt, komplett ab." Er seufzte und sah mich dann unter gesenkten Wimpern an. „Eine Art Vorbereitung, weil ich die nächsten Tage ständig ‚an' sein muss."

„Oh." Ich war nicht sicher, wie ich darauf reagieren sollte. „Mir war ... nie klar ..."

Er lächelte leicht, seine Miene so schüchtern, wie ich es noch nie an ihm gesehen hatte. „Selbst extrovertierte Menschen ermüden manchmal. Wenn es vorbei ist, werde ich wahrscheinlich auch zusammenklappen. Falls es auf dem Heimweg also nicht viel Konversation gibt, dann nimm es nicht persönlich."

„Okay. Gut zu wissen." Ich neigte den Kopf. „Also, dann geht es dir gut? Und zwischen uns ..."

Das Lächeln wurde breiter. „Ja. Zwischen uns ist alles klar."

Ich atmete aus. „Gott sei Dank. Ich habe schon gedacht, dass die Stimmung zwischen uns wieder peinlich ist."

„Nein, nein. Ich mache nur gerade eine kleine Phase der Verschrobenheit vor der Messe durch. Das passiert einfach."

„Du? Verschroben?" Ich legte eine Hand auf meine Brust. „Ich bin schockiert."

Er verdrehte die Augen und schlug spielerisch auf mein Bein, als er aufstand. „Arschloch."

Ich lachte nur und fragte mich, ob er wusste, wie erleichtert ich war, dass zwischen uns alles in Ordnung war.

„Willst du essen gehen?", fragte er.

„Wir könnten auch hierbleiben und wieder den Zimmerservice kommen lassen."

Er wandte sich mir zu. „Du hast nichts dagegen?"

„Ganz und gar nicht. Besonders, wenn du deine Batterien aufladen musst, bevor du morgen Mr. Charisma sein musst."

Marcus lachte leise, auch wenn seine Schultern vor Müdigkeit noch immer gesenkt waren. „Leider war ich von ihrem Essen nicht sonderlich beeindruckt."

„Soll ich bei den Lieferdiensten nachsehen? Es gibt sicher ein Lokal, das uns Essen liefert."

Seine Lippen zuckten, als ob er darüber nachdächte. Dann erwiderte er meinen Blick mit einer Spur Vorsicht in den Augen. „Wenn wir Pizza bestellen, versprichst du mir, es nicht meinem Trainer zu sagen?"

Ich konnte ein Lächeln nicht unterdrücken. „Versprichst du, es meiner Trainerin nicht zu sagen?"

Die Vorsicht verschwand. „Abgemacht."

Einige lange Sekunden hielten wir den Blick des

anderen gefangen. Bei der spielerischen Reminiszenz an unsere Pre-Befangenheitszeit flatterte mein Herz vor überschwänglicher Erleichterung.

Ich holte das Handy aus meiner Tasche. „Mit extra viel Käse?"

Sein Grinsen bescherte mir eine Gänsehaut. „Fuck ja, extra viel Käse."

KAPITEL 6

MARCUS

Mein Wecker ging um sechs Uhr ab.

Im Bett neben mir grummelte Reuben und vergrub den Kopf unter dem Kissen.

Liebend gern hätte ich das Gleiche getan, aber ich hatte ein paar Mal auf die harte Tour gelernt, wie spät ich zu einer Messe kommen konnte, wenn ich erst einmal anfing, auf die Schlummertaste zu drücken. Also war ich binnen Minuten aufgestanden, geduscht und angezogen, obwohl ich das definitiv nicht wollte.

Es gibt gleich Kaffee. Wie ein Mantra wiederholte ich die Worte in Gedanken. *Es gibt gleich Kaffee. Du musst nur nach unten gehen, und dort* wird *es Kaffee geben.*

Theoretisch hätte ich mir einen mit der Kaffeemaschine in unserem Zimmer machen können, aber ich war noch nie vom Geschmack von Hotelkaffee beeindruckt gewesen. Außerdem würde der Geruch wahrscheinlich Reuben wecken. Irgendwie bezweifelte ich, dass er sich in den letzten Jahren auf magische Weise in einen Morgenmenschen verwandelt hatte; selbst wenn es bedeutete, meinen

Kaffee erst später zu bekommen, war es besser, schlafende Ingenieure nicht zu wecken.

Sobald ich meine Schuhe angezogen hatte, schlich ich auf Zehenspitzen zwischen die Betten, um Handy, Uhr und Brieftasche zu nehmen, und bevor ich mich umdrehte, um das Zimmer zu verlassen, erstarrte ich.

Ein Schub kalter Panik hätte mein Bedürfnis nach Koffein fast überflüssig gemacht. *Oh Scheiße.* Hatte ich beinahe ...?

Ja. Hatte ich. Obwohl es mehr als ein halbes Jahrzehnt her war, seit ich im gleichen Zimmer wie Reuben aufgewacht war, geschah es fast automatisch, mich hinunterzubeugen, einen Kuss auf seine stoppelige Wange zu drücken und zu murmeln: *„Ich liebe dich. Wir sehen uns später auf der Arbeit."*

Ich stand da und starrte ihn mit offenem Mund und aufgerissenen Augen an. Mein Herz raste, als ich begriff, wie kurz davor ich gewesen war, diese gewohnten Bewegungen auszuführen. Wie leicht es gewesen wäre. Wie peinlich es alles gemacht hätte.

Ich riss mich aus meiner Starre, überprüfte noch einmal, dass ich meinen Zimmerschlüssel hatte, und machte dann, dass ich schleunigst aus dem Zimmer kam.

Im Aufzug nahm ich einige tiefe Atemzüge und zwang Reuben so sehr aus meinen Gedanken, wie es nur ging. Es war Showtime. Die Messe würde erst in einigen Stunden beginnen, aber die meisten der Besucher übernachteten in diesem Hotel, was bedeutete, dass ich mein Sonntagsgesicht aufsetzen musste, sobald ich die Lobby betrat.

Oder noch früher, wie sich herausstellte – als der Lift im fünften Stock stehen blieb, gesellten sich drei vertraute Gesichter zu mir. Ich brauchte einen Moment, um die richtige Verbindung herzustellen, begrüßte sie aber bereits und schüttelte ihre Hände, noch bevor ich mich daran erinnerte, dass es der Vorstandsvorsitzende und zwei Ingenieure der Firma waren, die Federn für einige unserer Produktlinien herstellten. Ich hatte noch nicht einmal Kaffee gehabt, und es war bereits Zeit loszulegen.

Wie immer setzten sich die Gespräche und das Einschleimen in der Kaffeeschlange fort, durch das Frühstück im Restaurant des Hotels – das mich nicht beeindruckte – und bis auf die andere Straßenseite zum Messezentrum. Ich wurde dem Vizepräsidenten eines Druckgaserzeugers vorgestellt, mit dem wir seit einer Ewigkeit zusammenarbeiten, bekam eine Visitenkarte von einem jungen Unternehmen, das einige vielversprechende Ideen hatte, um unsere Onlinepräsenz auszubauen, und wurde von einem Außendienstmitarbeiter unseres Konkurrenten bei Schneidbrennern gebeten, seinem kranken Kollegen Grüße auszurichten. In der Messehalle blieb ich stehen, um mich mit einigen Marketingmanagern der Mitbewerber zu unterhalten. Sie mochten Konkurrenz sein, aber wir betrachteten einander als Kollegen und hatten immer einen freundlichen Umgang miteinander.

Und *dann* fing die Messe an.

Messen wie diese zogen natürlich nicht allzu viele Besucher außerhalb der Branche an. Es würden ein paar Studenten kommen, um Recherche für Wissenschaftsprojekte oder Wirtschaftsvorlesungen zu betreiben, aber der Großteil der Leute hatte direkt oder am Rande mit Druckgas zu tun. Erzeuger von Druckluftreglern, Verteilern und Schweißgeräten wie unsere Firma. Gaslieferbetriebe. Neue Unternehmen und durch Crowdfunding finanzierte Erfinder mit frischen Ideen für alles von Produktdesign über Fließbandeffizienz bis zu Marketingkonzepten.

Doch es war ein großer Industriezweig, und das war

eine unserer größten Messen westlich des Mississippis, also waren die Gänge zwischen den Ständen voller Menschen, sobald sich die Türen geöffnet hatten. Stimmen hallten von der hohen Decke wider. Maschinen zu Demonstrationszwecken knarrten, zischten, piepsten und summten. Gelegentlich durchbrach ein knackender Lautsprecher den Lärm mit einer Ankündigung über ein Seminar, eine Vorführung oder ein Handy ohne Besitzer.

Unser Stand war einer der Kopfstände, und wir hatten keinen Mangel an Besuchern. Um zehn Uhr wollte ich Reuben eine SMS schicken und ihn bitten, herunterzukommen und mir zu helfen, als –

Oh *hallo*. Da war er.

Eigentlich hätte er in der Menge untergehen sollen – ein weiterer grauhaariger, weißer Mann in einem Meer solcher Typen – aber nein. Er stach hervor, zumindest für mich.

Im Büro trug Reuben normalerweise Hemd und Krawatte, aber es war lange her, dass ich ihn in einem Anzug gesehen hatte. Heilige Scheiße. War er schon immer so heiß in – oh, wem machte ich etwas vor? Natürlich war er in einem Anzug schon immer so heiß gewesen. Auch wenn er seit der Zeit, als wir zusammen gewesen waren, um einiges grauer geworden war – von graumeliert zu völlig silbern –, und irgendwie machte ihn das zusammen mit dem perfekt sitzenden, dunklen Anzug unglaublich sexy.

„Marcus?"

Ich riss mich aus meiner Starre und wandte mich wieder Steve Horton und Greg Schaeffer zu, zwei potentiellen Kunden, die sich für eines unserer Verteilersysteme interessierten. „Tut mir leid. Ähm." Ich räusperte mich. „Unser Chefingenieur kommt gerade. Ich hole ihn schnell.

Er wird Ihnen genau sagen können, was Sie für Ihre Anordnung benötigen."

Sie nickten beide, und als ich mich umdrehte, trat Reuben gerade in den Stand.

„Tut mir leid, dass ich zu spät bin." Er zog sein Sakko aus. „Hab mich verquatscht mit jemandem von –"

„Ist schon gut. Ist schon gut." Ich deutete hinter mich. „Eigentlich ist dein Timing perfekt, weil diese zwei Herren sich für einen der Verteiler aus der 7000er Serie interessieren."

Mit hochgezogenen Brauen blickte er an mir vorbei. „Oh. Okay. Ähm." Er sah sich um. „Ich habe ein spiralisiertes Notizbuch hiergelassen, oder?"

Ich nahm es vom Tisch neben dem Projektor. „Genau hier."

„Perfekt." Er schenkte mir ein entwaffnendes Lächeln, zog einen Druckbleistift aus seiner Hemdtasche und ging hinüber zu Steve und Greg.

Ich hatte mir Sorgen gemacht, wie Reuben mit einer solchen Messe zurechtkam. Er war leicht von Leuten überwältigt, besonders von Leuten, die er nicht kannte, und ein beständiger Strom an Fremden, die direkt vor seiner Nase vorbeigingen, schien wie eine sich anbahnende Katastrophe.

Ich hatte ihn eindeutig unterschätzt.

Als ich ihm einen Blick zuwarf, während ich gerade dabei war, zwei weiteren Besuchern ein Geschäft zu entlocken, schien Reuben weit mehr in seinem Element zu sein, als ich erwartet hatte. Er hatte die Ärmel bis zu den Ellenbogen aufgerollt, die Krawatte in sein Hemd gesteckt und beugte sich über einen Tisch, wo er etwas in dieses Notizbuch zeichnete, während Steve und Greg nickten. Er war lebhaft und, zum Teufel, sogar ein bisschen ungestüm.

Ich lächelte. Anscheinend war das das Geheimnis, um Reuben aus seinem Schneckenhaus zu holen. Man musste ihn einfach vor Leute stellen, die sich für etwas interessierten, von dem er begeistert war. Während der letzten Jahre war die 7000er Verteiler-Serie eines seiner Lieblingsprojekte gewesen, und er schien wirklich davon begeistert zu sein, Leuten zu erklären, wie sie funktionierte.

Die zwei Männer schienen nahezu hypnotisiert von ihm zu sein. Ich konnte es ihnen nicht verdenken. Zum Teufel, selbst unsere Außendienstverkäufer könnten ein oder zwei Dinge von ihm lernen. Sie klangen immer so, als wären sie total aufgeregt, dem Kunden etwas zu verkaufen. Wenn Reuben Leuten von Produkten erzählte, klang er wie ein Kind, das ein neues Spiel entdeckt hatte und nicht abwarten konnte, es seinen Freunden zu erklären.

Steve und Greg waren über eine Stunde an unserem Stand. Ein paar andere Leute hatten sich aus dem Besucherstrom gelöst und hörten zu, und als Reuben fertig war, warteten bereits Mitarbeiter von drei anderen Firmen darauf, ihm Fragen zu stellen, sobald er mit Steve und Greg einen Termin für eine Beratung vor Ort ausgemacht hatte.

„Gut gemacht", sagte ich zu ihm während einer kleinen Flaute, als die Leute zu einem der Hauptvorträge strömten. „Weniger als einen halben Tag dabei, und ich glaube, du hast bereits drei große Geschäfte abgeschlossen."

Reuben errötete und lächelte schüchtern. Er sah sich um, und jetzt konnte ich sehen, wie ihm die Puste ausging. Als ob er seine Energie aufrechterhalten hätte, solange die Gespräche liefen, und jetzt, wo es eine Pause gab, zusammensackte.

„Hey." Ich berührte ihn am Arm. „Alles in Ordnung?"

„Ja. Ich ..." Er atmete aus und rollte seine Schultern. „Ich glaube, ich könnte noch mehr Kaffee vertragen." Als sich unsere Blicke trafen, hätte ihm der Subtext genauso gut quer über die Stirn geschrieben stehen können: *Ich muss für ein paar Minuten vom Stand weg.*

„Warum holst du dir dann nicht einen?" Ich deutete auf unsere Umgebung. „Bis der Vortrag vorbei ist, wird es wahrscheinlich ohnehin ruhig sein, und danach ist Mittagspause."

Reuben ließ den nächsten Atemzug entweichen. „Und wie lange geht diese Messe?"

„Sie hört erst am Sonntag auf."

Er ächzte.

„Du schaffst das schon. Ich verspreche es." Ich machte eine Pause. „Ehrlich gesagt schlägst du dich viel besser, als ich gedacht hätte."

Er sah mich an, als ob er nicht sicher wäre, wie er das auffassen sollte.

„Komm schon. Ich kenne dich. Menschenmengen sind nicht dein Ding." Ich nickte zu dem Notizbuch, das er sich unter den Arm geschoben hatte. „Aber ich schätze, wir müssen dir nur einen Notizblock und etwas Interessantes geben, über das du reden kannst, und du kommst bestens zurecht."

Lachend zuckte er mit den Schultern. „Schätze ich auch, ja." Er ließ seinen Blick über die Gänge schweifen. Die Menschentrauben waren merklich weniger geworden, aber nicht jeder war zu dem Vortrag gegangen, also war die Halle nicht völlig leer. „Bist du sicher, dass du das Fort eine Zeit lang allein verteidigen kannst, während ich Kaffee hole?"

„Keine Panik. Wo wir dabei sind, wärst du so nett, mir etwas mitzubringen?" Ich zog meine Brieftasche heraus. „Ich habe die Firmenkreditkarte, also –"

„Ich mach das schon. Keine Sorge." Er lächelte. „Ich komme schon wieder."

„Du musst nicht bezahlen. Wir können das als Spesen absetzen, weißt du."

Reuben zwinkerte. „Ich habe auch eine Kreditkarte der Firma, weißt du noch?"

„Oh. Richtig." Warum brannten meine Wangen? Ich räusperte mich und steckte meine Brieftasche wieder ein. „Nun, in dem Fall fühle ich mich nicht so schlecht."

Wir tauschten ein Lächeln aus, und als er davonging, um uns Kaffee zu holen, sah ich ihm nach, wie er in der Menge verschwand.

Natürlich war es typisch für mein Glück, dass zwar nicht alle zu diesem Vortrag gegangen waren, aber doch die meisten. Die Vortragende war von einem der wichtigsten Laserschneider-Hersteller, und eine Menge Leute waren daran interessiert, was sie zu sagen hatte, also gab es jetzt eine ziemliche Flaute an Besuchern in der Ausstellungshalle. Was bedeutete, dass ich etwas Zeit für mich hatte. Zeit mit meinen Gedanken. Meine Gedanken an Reuben.

Ich hätte nicht erwartet, dass er sich in dieser Umgebung so wohlfühlen würde. Er war absolut kein Schwächling oder jemand, der so furchtbar schüchtern war, dass er sich nicht behaupten konnte. Aber persönliche Interaktionen mit Fremden jagten ihm eine Heidenangst ein. Das Scheinwerferlicht erschreckte ihn halb zu Tode. Und dennoch, wenn er über etwas reden konnte, das ihn begeisterte, kam er gut zurecht. Wenn ich ehrlich war, hatte er mich höllisch beeindruckt. So sehr, dass ich wirklich in Versuchung war, seinem Vater eine SMS zu schicken und ihn zu bitten, Reuben auf weitere dieser Veranstaltungen zu schicken.

Nur wäre das komisch. Wahrscheinlich wäre Reuben

nicht in der Lage, das oft zu tun, und außerdem waren er und ich noch immer auf wackeligem Boden. Oder zumindest auf unebenem Boden, der sich plötzlich in einem gefährlichen Winkel zu neigen schien, als ich mit meinen Gefühlen darüber kämpfte, wie ich ihn aus beruflichen Gründen hierhaben wollte und wie attraktiv er war und wie verdammt zerbrechlich unsere Art Waffenstillstand war.

Ich ließ einen Atemzug entweichen und rieb mir die Augen. Ja, ich fühlte mich definitiv noch immer zu ihm hingezogen. Und auf beruflicher Ebene war ich von ihm beeindruckt. Ich wollte ihn beschützen, ihm entkommen, ihn vögeln, mit ihm streiten, und irgendwie sollte ich all das für mich behalten, bis wir nach Seattle zurückkehrten.

Oh Gott. Wie viele Tage stecken wir hier noch zusammen fest?

Messen bedeuteten immer frühe Morgen und lange Nächte. Als ich es am Ende des ersten Tages endlich zurück aufs Zimmer schaffte, war es beinahe neun Uhr abends, meine Füße taten weh und meine Stimme war kratzig. So sehr ich mich auch aufs Ohr hauen wollte, musste ich zuerst etwas Tee trinken, um mir die Hoffnung zu bewahren, morgen in der Lage zu sein, reden zu können.

Reuben hatte sich davor gedrückt, mit mir und einigen Kunden essen zu gehen, was mich nicht überraschte. Wahrscheinlich war sein Soll an Leuten, mit denen er an einem Tag zurechtkam, schon erfüllt, und er brauchte etwas Zeit für sich. Damit hatte ich kein Problem. Schließlich wurde *ich* dafür bezahlt, Kunden zu umwerben und sie zum Essen auszuführen.

Als ich wieder aufs Zimmer kam, war er noch immer wach. Auch das war keine Überraschung. Er war immer ein Nachtmensch gewesen. Er saß im Schneidersitz auf dem Bett, ein Kissen zwischen seinem Rücken und dem Kopfteil und den Laptop auf seinen Oberschenkeln.

Als ich hereinkam, hob er den Blick. „Wie war das Essen?"

„Langweilig und zerkocht." Ich zog mir das Band mit dem Messeausweis über den Kopf und ließ es neben den Fernseher fallen. „Aber ich bin ziemlich sicher, dass ich genug Leuten in den Arsch gekrochen bin, um uns hoch in der Gunst von allen zu halten, die wichtig sind."

Reuben lachte ohne viel Gefühl. „Besser du als ich."

In einem Ächzen blätterte ich durch die Box mit Tee, die vom Hotel zur Verfügung gestellt worden war.

„Wird deine Stimme halten?", fragte er. „Du klingst ein bisschen heiser."

„Das wird schon wieder, vor allem, da dieses Zimmer über einen richtigen Teekessel verfügt." Ich holte das Gerät aus seinem Versteck hinter der Kaffeemaschine hervor. „Einer, der das Wasser tatsächlich heiß genug für Tee macht."

Reuben gab ein würgendes Geräusch von sich. „Ich weiß noch immer nicht, wie du diesen Mist trinken kannst."

„Tja, wenn ich diesen Mist trinke, wird das den Unterschied machen zwischen meiner Fähigkeit, weiterhin etwas zu sagen, und dem Zwang, dir die Interaktion mit allen Leuten zuzuschieben."

„Oh. Wenn das so ist ..." Er machte eine *nur zu*-Geste.

„Das habe ich mir gedacht."

Ich machte den Teekessel voll und entschied mich schließlich für Pfefferminztee. Morgen würde ich herausfinden, ob die Bar mich während meiner Zeit am Stand mit heißem Zitronenwasser versorgen konnte, aber das hier würde im Moment reichen.

Während das Wasser aufkochte, warf ich einen verstohlenen Blick auf Reuben. Er hat seine Aufmerksamkeit wieder auf den Computer gerichtet und betrachtete mit gerunzelter Stirn den Bildschirm. Doch es war kein Ausdruck der Konzentration. Vielleicht auf den ersten Blick, doch jeder, der ihn kannte – in dem Fall ich – konnte die Frustration und Verwirrung in seinen Augen erkennen.

Nachdem ich den Tee zubereitet hatte, fragte ich vorsichtig: „Was ist los?"

„Nur irgend so eine Kacke in der Fabrik." Er trommelte mit den Nägeln auf den Laptop und schüttelte dann den Kopf. „Aber ich weiß nicht, was sie erwarten, was ich unternehmen soll."

Ich setzte mich auf die Bettkante und hielt den dampfenden Becher mit beiden Händen umfasst. „Kann ich dir irgendwie dabei helfen?"

„Nein. Es ist ..." Er machte eine Pause. „Nun ja, vielleicht."

Ich zog meine Augenbrauen hoch.

Mit einem Seufzen lehnte sich Reuben an das Kissen zwischen seinem Rücken und dem Kopfteil des Bettes. „Also, ich gerate dauernd mit einem meiner Chefingenieure aneinander und weiß nicht warum. Oder wie ich es ändern kann."

Nun, das erklärte seine Frustration und Verwirrung. Ich holte den Teebeutel aus der Tasse, und als ich ihn in den Mülleimer zwischen den Betten warf, sagte ich: „Erzähl mir, was genau los ist."

Er beäugte mich unsicher.

Ich gestikulierte mit einer Hand. „Nichts verlässt

diesen Raum. Ich will keinen Klatsch, nur genug Einzelheiten, damit ich helfen kann."

Reuben kaute auf seiner Lippe. „Okay. Also." Er stellte den Laptop auf der Bettdecke ab und rieb sich mit einer Hand übers Gesicht. „Ich habe Stan Weitzel beauftragt, sich um die Entwicklung der neuen 9X-Schneidbrenner zu kümmern, ja? Er beaufsichtigt das Projekt, aber wie sonst auch schicke ich manchmal eine E-Mail an das ganze Team. Darin bitte ich um Status-Updates, halte sie über Änderungen an den Spezifikationen auf dem Laufenden, solche Sachen."

Ich nickte, sagte aber nichts.

„Und Stan ..." Reuben warf einen finsteren Blick auf seinen Monitor und machte eine frustrierte Geste. „Jedes Mal schickt er mir eine E-Mail zurück – die in Kopie an alle geht – und stellt alles infrage. Sogar total dämliche Sachen, wie zum Beispiel wo wir die Teilenummer am Griff des Brenners anbringen." Er wandte sich mir mit zusammengezogenen Brauen zu. „Was soll ich in so einem Fall tun?"

„Nun ja." Ich bewegte kurz meinen Kiefer. „Das hört sich für mich an, als ob ihr beide befürchtet, dass der andere eure Autorität untergräbt."

Reuben blinzelte.

„Du hast ihn in diese Führungsposition gebracht", fuhr ich fort. „Vielleicht hat er das Gefühl, als ob deine E-Mails an seine Mitarbeiter es so aussehen lassen, als ob er gar nicht wirklich das Sagen hätte, und das könnte es ihm schwerer machen, seine Leute zu führen. Und gleichzeitig untergräbt er deine Autorität, indem er bei jeder Gelegenheit dein Urteilsvermögen infrage stellt." Ich pfiff leise und schüttelte den Kopf. „Ich garantiere dir, dass alle Leute, die für ihn arbeiten, die Hände in die Luft werfen und sich fragen, wann dieser Schwanzvergleich endet, damit sie ihre Arbeit erledigen können."

Sein Blick huschte zum Bildschirm, und er öffnete den Mund. „Scheiße. Ich ... Daran habe ich nie gedacht. Ich war einfach der Meinung, dass ich effizient handhabe, weißt du? Indem ich die Informationen allen schicke, die sie brauchen. Aber wenn du es so ausdrückst ..."

Ich verkniff mir ein Lächeln. Manchmal war es irgendwie süß, ihm dabei zuzusehen, wie sich die Puzzleteile in seinem Kopf zusammensetzten. Ich hatte keine Ahnung, warum er schwer von Begriff war, wenn es um das Verstehen und Verarbeiten von Emotionen ging, aber sobald ihm jemand zeigte, wie alles zusammengehörte, begriff er es. Er ging nicht dagegen an und wurde nicht sauer, wenn ich mich unverblümt ausdrückte. So sehr er auch seine Fähigkeit hinterfragte, mit Menschen zusammenzuarbeiten, reichte seine Ernsthaftigkeit, sie verstehen zu *wollen*, viel weiter, als er sich vorstellen konnte.

Nach einem Moment lachte Reuben leise. „Das ergibt alles Sinn. Ehrlich gesagt ist das der Grund, warum ich es hasse, dass mein Dad mich zum Abteilungsleiter gemacht hat. Ich bin Ingenieur, kein Manager."

„Nein, aber du bist auch nicht schlecht in dem, was du tust."

„Ich bin gut darin, Projekte zu managen, nicht Menschen."

Okay, das war fair. Reuben war unglaublich bei dem ganzen technischen Zeug, bei dem mir der Kopf explodierte, aber er konnte Menschen nicht gut lesen. Hatte es nie gekonnt. Er kämpfte damit, seine eigenen Gefühle zu entschlüsseln und zum Ausdruck zu bringen, ganz zu schweigen von denen anderer Leute. Es war nicht so, dass er ein kaltes, gefühlloses Arschloch war. Tatsächlich bemühte er sich wirklich sehr, darauf zu achten, wie etwas andere Menschen beeinflusste oder wie sie auf bestimmte Dinge reagierten. Er wusste, wenn Menschen sauer oder unglücklich waren. Der Kampf bestand darin, herauszufinden warum. Es war, als ob zwischen dem Erhalt der Information und dem Wissen, was er damit tun sollte, etwas verlorenginge.

„Weißt du", ich stellte meinen Becher auf den Tisch zwischen den Betten, „falls so etwas wieder passiert, bin ich in der Firma immer für dich da. Du kannst gern mit solchen Sachen zu mir kommen und sie mir erzählen. Vielleicht kann ich helfen."

Reubens Augenbrauen zogen sich zusammen. „Du hättest nichts dagegen?"

„Natürlich nicht." Ich lächelte. „Ich kenne dich und weiß genau, wie schwer dir so etwas fällt. Falls ich helfen kann ..." Ich zuckte mit den Schultern. „Lass es mich wissen."

„Das ist ..." Er blinzelte. „Das wäre toll. Danke."

„Jederzeit."

Wir sahen uns in die Augen, und mein Herz flatterte leicht. Das war nur ein kleiner Schritt, schien aber dennoch ein weiterer Schritt in Richtung Normalität zu sein.

Nach allem, wie die Dinge während der letzten Wochen zwischen uns gelaufen waren, würde ich ihn nehmen.

KAPITEL 7

REUBEN

Ich hatte keine Ahnung, wie Marcus das machte. Während drei aufeinanderfolgenden Tagen war er auf der Messe Mr. Charisma. Egal, ob er mit einem langjährigen Lieferanten, einem potentiellen Multimillionen-Dollar-Kunden oder einer schüchternen Barista redete, die nebenbei erwähnte, dass sie gerade mit einem Marketing-Studium angefangen hatte, er konzentrierte sich auf den einzelnen Menschen, als ob sonst niemand auf dieser Welt existieren würde.

Sein Charme wirkte mühelos, aber da ich mir mit ihm ein Zimmer teilte, erhielt ich eine neue Perspektive darauf. Jeden Abend, sobald wir im Lift waren, senkte sich der Schleier und Erschöpfung zeigte sich, und binnen einer Viertelstunde, nachdem wir wieder in unserem Zimmer waren, hatte er etwas von diesem furchtbar riechenden Tee getrunken und war eingeschlafen.

Während all der Jahre, die ich ihn nun schon kannte, war ich immer der Meinung gewesen, dass es ihm leichtfiel, extrovertiert zu sein, aber ich hatte ihn noch nie im Messe-modus gesehen. Ich war noch nie mit ihm zusammen gewesen, wenn er stundenlang „an" sein musste, mit einem

Menschen nach dem anderen, von Sonnenaufgang bis neun oder zehn Uhr abends. Vielleicht war es doch nicht so einfach, wie es aussah. Kein Wunder, dass er am Tag vor Messebeginn diesen „sozialen Winterschlaf" machen musste.

Weshalb ich mich, wie ich zugeben musste, so viel besser fühlte, weil ich mich wahnsinnig anstrengen musste, um auch nur einen Bruchteil seiner Extrovertiertheit zu erreichen. Als wir uns Freitagabend bereit machten, um nach dem Ende des Messetages zur Bar zu gehen, beneidete ich ihn noch immer um seine Fähigkeit, Fremde zu umgarnen und eine Menschenmenge zu begeistern, aber ich hatte einen viel tieferen Respekt für die Anstrengung, die hinter dieser Fähigkeit steckte. Selbst jetzt, als er vor dem Ankleidespiegel in unserem Zimmer an seiner Krawatte herumfummelte, zeigten sich die Risse. Seine Augen waren ein wenig trüber. Seine Schultern leicht gesenkt. Ich wusste, sobald wir das Zimmer verließen, würde er den Schalter umlegen und zum Leben erwachen, aber die Erschöpfung war jetzt unverkennbar.

Ich zog mein Sakko an. „Bist du fertig?"

„So gut wie." Ein letztes Mal richtete er seine Krawatte, dann musterte er sich von Kopf bis Fuß. Als er sich zu mir umdrehte, war alle Müdigkeit verschwunden. Es war beinahe so, als ob sein Spiegelbild nicht wirklich seines gewesen wäre; als ob der Spiegel einen gänzlich anderen Mann gezeigt hätte. Einer, der kurz vor einem Zusammenbruch stand, statt des hoch aufgerichteten, energiegeladenen Mannes, der mich in diesem Moment anlächelte.

Also täuschte er es vor? Oder bildete ich mir das nur ein?

Natürlich wusste ich, dass er nur ein Mensch war. Ich hatte gesehen, wie er sich an seinen Tee klammerte, hatte gehört, wie heiser seine Stimme am Ende eines langen Tages sein konnte. Dennoch schien er noch viel erledigter zu sein, als er herausgelassen hatte.

Marcus wusste nichts von meinen Gedanken und zupfte an seinem Ärmel. „Du solltest dir überlegen, öfter zu solchen Veranstaltungen zu gehen."

„Wie bitte?"

Marcus erwiderte meinen Blick. „Hast du nicht bemerkt, dass sich die Leute darum reißen, dir zuzuhören, wenn du über unsere Produkte redest?" Er richtete seine Aufmerksamkeit auf seinen Manschettenknopf. „Falls du es schaffst, ein paar Mal im Jahr von der Fabrik wegzukommen, wäre deine Anwesenheit bei weiteren Messen wirklich gut für die Firma."

„Oh. Ähm." Ich schüttelte den Kopf. „Ich weiß nicht. Ich glaube nicht, dass das wirklich mein Ding ist."

Sein warmes Lächeln ließ meine Haut kribbeln. „Du bist besser darin, als du glaubst."

„Bedeutet nicht, dass es mir Spaß macht."

Er legte den Kopf schief. „Tut es das nicht?"

„Ich ..." Ich dachte darüber nach. „Nun, ist nicht so schlimm, wie ich gedacht habe. Es ist nur furchteinflößend. Dass den ganzen Tag all diese Leute auf mich zukommen. Und ich bezweifle, dass Dad mich länger als ein oder zwei Tage hintereinander in der Fabrik entbehren kann. Jedes Mal, wenn ich auch nur zum Mittagessen gehe, scheint hinter mir das Chaos auszubrechen."

Marcus schnaubte. „Vielleicht sollte dein Vater dir endlich erlauben, einige weitere Manager einzustellen." Er zog ruckartig an seinem Ärmel, als ob dieser die Quelle seiner Gereiztheit wäre. „Du bist gut in dem, was du tust, und es ist dämlich, dich mit etwas anderem abzulenken."

Ich war nicht sicher, was mich mehr wärmte – die Spur

dieses Beschützerinstinkts, den er immer für mich gehabt hatte, oder die beiläufige Anerkennung, dass ich gut in meinem Job war. Allerdings kam mir meine Reaktion lächerlich vor. Ich wusste, dass ich in dem, was ich tat, gut war, und Marcus hatte ein bedeutendes Interesse daran, dass die Firma mich richtig einsetzte, statt meine Zeit mit etwas zu verschwenden, für das ein richtiger Manager besser geeignet wäre. Ich war derjenige, der dämlich war.

„Nun, wenn wir zurückkommen, kann ich die Abteilung vielleicht umstrukturieren." Ich erhob mich vom Bett. „Sollen wir nach unten gehen, bevor die Schlange an der Bar zu lange wird?"

Marcus warf seinem Spiegelbild den nächsten kritischen Blick zu, dann nickte er. „Yep. Gehen wir." Er nahm seinen Zimmerschlüssel, ich nahm meinen, und wir verließen das Zimmer.

Sobald wir die überfüllte Bar betraten, wusste ich, dass ich völlig überfordert war. Auf der Messe hatte ich mich gut geschlagen. Über Produkte zu reden und Schwierigkeiten zu lösen, war kein Problem.

Doch die Bar war eine ganz andere Welt, und ich war weit außerhalb meines Elements. Selbst wenn ich mit Freunden ausging, kam ich in einer Bar nicht zurecht. Was sollte ich sagen? Was sollte ich tun? Wie zum Teufel konnte überhaupt jemand ein Wort des anderen verstehen, bei dem ganzen Geschrei und der dröhnenden Musik? Wie oft durfte man Leute bitten, das Gesagte zu wiederholen, bevor man einfach nickte und so tat, als ob man sie tatsächlich gehört hätte? Wie *machten* Leute das nur?

Es war keine Überraschung, dass Marcus durch die ganze Szenerie navigierte wie einer dieser olympischen Athleten, der das Programm seines Eiskunstlaufs oder einen Snowboardlauf absolviert und es so verdammt leicht aussehen ließ. Er war der Typ, den man im Fernsehen sah und dachte, *Scheiße, das sieht so einfach aus, das bekomme ich auch hin.* Und dann, wenn man seinen ersten Versuch im Curling oder Skifahren unternahm, landete man auf dem Hosenboden und brach sich etwas, denn nein, es war nicht wirklich so einfach.

Marcus wusste genau, wann und wie er sich an einer Unterhaltung beteiligen oder wieder aus ihr verabschieden musste. Er schien über die Intuition zu verfügen, wie nah er vor jemandem stehen durfte oder ob die Leute einverstanden waren, wenn er ihren Arm oder ihre Schulter berührte. Wenn er jemanden schon kennengelernt hatte, erinnerte er sich immer an irgendein Detail, und falls sie sich noch nicht kannten, schien er immer genau zu wissen, welche Fragen er stellen musste, damit der andere sich öffnete. Ganz egal, worüber sie redeten – Familie, Freunde, das Geschäft, Smalltalk –, er hörte zu, als ob es das Faszinierendste wäre, das er je gehört hatte. Manchmal fragte ich mich, ob er tatsächlich alles mitbekam, was die anderen sagten – es war so laut, dass ich das nicht konnte –, aber falls er einfach nur zustimmend nickte, war er der überzeugendste Heuchler, den ich je gesehen hatte.

Ich klebte an ihm dran. Er war der einzige Mensch hier, den ich kannte, und wenn er der Mittelpunkt einer Unterhaltung war, bedeutete das, dass sich die Leute auf ihn konzentrierten, nicht auf mich. Mit Freuden versteckte ich mich in seinem Schatten.

Vor allem, da mein Platz in seinem Schatten bedeutete, dass ich in seiner unmittelbaren Nähe war. Ich konnte sehen, warum die Leute so leicht von ihm bezaubert waren. Allein das Lächeln hatte mir immer schwache Knie beschert. Damals, als wir einander zum ersten Mal begegnet waren – ich ein Ingenieur, der versuchte, sich in der Firma meines Vaters hochzuarbeiten, er ein frisch eingestelltes Marketinggenie –, hatte mich sein Lächeln sprachlos gemacht. Die Art, wie er mir direkt in die Augen sah, hatte mich hypnotisiert. Bis heute konnte er mich weiterhin zum völligen Stillstand bringen, indem er mich einfach nur anblickte. Kein Wunder, dass ich nicht Nein gesagt hatte, als er mich kühn gefragt hatte, ob ich etwas trinken gehen wollte. Oder als sich die Drinks bis zur Sperrstunde der Bar hinzogen, bevor wir zu ihm fuhren, um Sex zu haben, der seine Nachbarn weckte. Bis zum heutigen Tag hatte ich keine Ahnung, woher er überhaupt gewusst hatte, dass ich queer war.

Heute Abend, wie auch schon die ganze Woche, versprühte er diesen Charme bei allen im Raum. Er sagte all die richtigen Dinge, damit die Männer und Frauen sich darum rissen, mit ihm zu reden.

Es war interessant, sich zurückzulehnen und ihn in seiner natürlichen Umgebung zu beobachten. Eine Menge Dinge über unsere Kunden und den Ruf unserer Firma begannen, Sinn zu ergeben. Das war eine von Männern dominierte Branche, und jahrelang hatte ich Gerüchte gehört, wie schwer es für Frauen war, respektiert und ernst genommen zu werden. Als ich Marcus bei der Arbeit zusah, wunderte es mich nicht, warum die Firma nie Probleme gehabt hatte, Frauen zu überzeugen, unsere Kunden zu werden. Männer von anderen Unternehmen flirteten schamlos, doch nicht Marcus. Ganz und gar nicht. Er lächelte und schmierte ihnen Honig ums Maul, aber er überschritt nie die Grenze zu etwas auch nur annähernd Anzüglichem. Er behielt eine respektvolle Distanz, statt Frauen zu nahe zu kommen, und er hörte ihnen zu und stellte Fragen und behandelte sie nicht, als ob sie dämlich wären – nach allem, was ich in dieser Branche erlebt hatte, eine völlig neue Herangehensweise.

Irgendwie schaffte er es, so schmeichelnd wie ein Verkäufer zu sein, ohne dabei schmierig zu wirken wie ein Typ, der gebrauchte Autos verkaufte. Es war charmant und einnehmend, dabei zuzusehen, ganz zu schweigen von faszinierend.

Doch als ich heute Abend neben ihm blieb, während er von einer Unterhaltung zur anderen wanderte, begannen sich einige Risse zu zeigen. In einer Minute lächelte er und schüttelte Hände. In der nächsten – als er innehielt, um einen Schluck zu trinken oder sich an die Bar stellte oder einfach meinte, dass ihn niemand ansah – schien er Mühe zu haben, aufrecht stehen zu bleiben. Dann kam die nächste Person zu ihm und redete mit ihm, und sofort verwandelte er sich wieder in Marketing-Marcus, als ob er nie etwas anderes gewesen wäre.

Es war schwer zu sagen, ob ich mehr auf ihn eingestimmt war als sonst, sodass mir solche Dinge deutlicher auffielen, oder ob er im Laufe des Abends die Maske immer weiter fallen ließ. Was auch immer der Fall war, es bereitete mir Sorgen. Das war eine lange Messe, und sie war noch nicht vorbei. Jeder hatte seine Grenzen. Näherte sich Marcus seiner? Und was würde passieren, wenn er diesen Punkt erreichte?

Vielleicht musste er das Gleiche tun, was ich gerade machen wollte – sich ins Zimmer zurückziehen und keine weiteren Menschen sehen. Wahrscheinlich brauchte er auch etwas von diesem schrecklichen Tee.

Ich trat näher an ihn heran, damit der mich über dem Lärm hören konnte. „Hey, falls du für heute Schluss machen willst, können wir das tun."

„Was?" Er lächelte. „Amüsierst du dich nicht?"

Ich zuckte mit den Schultern. „Schon, aber vorhin hast du ziemlich müde ausgesehen. Bist du sicher, dass es dir gut geht?"

„Alles bestens. Was ist mit dir?"

„Ich bin verdammt erschöpft", sagte ich mit einem müden Lachen. „Ich glaube, das bist du auch." Ich machte eine Pause in der Hoffnung, dass ich keine Grenzen überschritt, und redete gerade laut genug, damit er mich hören konnte. „Vielleicht wäre es eine gute Idee, heute früher ins Bett zu gehen. Damit du nicht völlig erschöpft wirst."

Sein Lächeln verblasste ein wenig, und er suchte meinen Blick. Sein Gesichtsausdruck war plötzlich unlesbar.

Ich versuchte, mich unter diesem prüfenden Blick nicht zu winden. „Was?"

„Nichts." Er schüttelte den Kopf und ließ den Blick auf das fast leere Glas in seiner Hand fallen. „Aber ich denke, du hast recht. Vielleicht ist es eine gute Idee, für heute Schluss zu machen." Er kippte den Rest seines Drinks hinunter und machte eine ausschweifende Geste. „Ich verabschiede mich nur schnell von den wichtigen Leuten, und dann verschwinden wir von hier."

Ich erwartete, dass diese Verabschiedung drei Stunden dauern würden, aber er war überraschend schnell damit. Binnen einer Viertelstunde bahnten wir uns einen Weg aus der dichten, lauten Menge.

Sobald wir den Kern des Lärms hinter uns gelassen hatten, drückte die Erschöpfung des Tages schwer auf meine Schultern. Es war, als hätten wir einen Zauber aufgehoben, indem wir uns von dem Summen von Stimmen und Energie abwanden, und jetzt spürte ich die letzten Stunden wirklich.

Schlaf. Oh süßer, süßer Schlaf. Komm zu Daddy.

Marcus schien ebenfalls müde zu sein, und auf dem Weg zum Aufzug sagte keiner von uns etwas. Er drückte auf den Knopf, und wir starrten beide die Zahlen über der Tür an, während der Lift sich jede Menge Zeit ließ, herunterzukommen. Schließlich kam der Aufzug an, und wir betraten ihn.

Als sich die Türen schlossen, brach Marcus das Schweigen. „Du hast recht. Ich bin erschöpft. Ich freue mich schon darauf, keinen anderen Menschen mehr zu sehen." Er machte eine Pause und wandte sich dann mir zu. „Mit einer Ausnahme."

Unsere Blicke trafen sich.

Mein Magen verkrampfte sich.

„Ja?", presste ich hervor.

„M-hm." Er trat näher, und seine Gegenwart drückte mich an die Aufzugwand. „Und zu meinem Glück teilen wir uns ein Zimmer."

„J-ja. Tun wir." Ich schluckte. „Also –"

Er küsste mich, und mein ganzer Körper erschlaffte zwischen ihm und der Wand. Heilige Scheiße. In einem Augenblick waren wir beide dabei gewesen, unter dem Gewicht eines langen Tages zusammenzusacken, und im nächsten ... das. Oh mein Gott, *das*.

Marcus war nie ein sanfter Küsser gewesen, und heute Abend war sein Kuss nahezu gewalttätig. Leidenschaftlich. Besitzergreifend. Fordernd. Ich packte die Vorderseite seines Hemds und stöhnte leise, weil es die einzige Möglichkeit war, wie ich hörbar um mehr bitten konnte. Er presste mich fester gegen die Wand. Die Stange grub sich in mein Kreuz, und die Wand hinter meinem Kopf war nicht unbedingt bequem, aber heilige Hölle ...

Der Aufzug stoppte. Wir taten das nicht. Marcus' Hand schob sich zwischen die Wand und meinen Hintern, und ich drückte meinen Ständer an seinen. Ich hatte keine Ahnung, woher all diese Energie plötzlich gekommen war. Den ganzen Tag lang war ich hundemüde gewesen, aber es war, als ob mir Marcus' Lippen Auftrieb gaben. Auf keinen Fall konnte ich mit weiteren Menschen umgehen oder noch eine Produktdemonstration durchführen. Aber Marcus in die Matratze zu vögeln? Gott, ja.

Er unterbrach den Kuss, wandte sich meinem Hals zu, und ich drückte mich mit einem leisen Wimmern von der Wand ab. „Gott, Marcus ...“

Er stöhnte an meiner Kehle. „Ich bin so müde, dass ich kaum noch stehen kann.“ Sein Atem war heiß auf meiner Haut. „Aber ich will dich gerade so sehr.“

Falls mein Verstand irgendwelche Einwände hatte, gingen sie im Rausch der Erregung und dem Kribbeln von Gänsehaut verloren, als Marcus' talentierte Lippen die Stelle unter meinem Kiefer erkundeten. Ich öffnete den Mund, um vorzuschlagen, dass wir auf unser Zimmer gehen sollten, aber in diesem Moment kippte die Welt unter meinen Füßen.

Marcus zuckte zurück und warf einen Blick über seine Schulter. Er fluchte, und mir wurde klar, dass mich mein Gleichgewichtssinn nicht verlassen hatte. Der Aufzug hatte sich wieder in Bewegung gesetzt. Doch bevor Marcus ihn zurück in unser Stockwerk schicken konnte, blieb der Lift stehen. Wir lösten uns voneinander und fluchten unterdrückt, während wir versuchten, unsere Notlage mit unseren Klamotten zu verbergen.

Die Türen öffneten sich, und verdammt, einige Männer, die ich von irgendeiner anderen Firma – die mir im Moment völlig egal war – kannte, gesellten sich zu uns und lächelten uns höflich an, während ich zu Gott betete, dass sie nicht nach unten blickten und unsere Ständer sahen.

Sie drückte den Knopf für die Lobby. Marcus und ich tauschten einen Blick aus.

Anscheinend waren wir uns einig – auf keinen Fall würden wir bis hinunter in die Lobby fahren und wieder den ganzen Weg hinauf –, denn ohne ein weiteres Wort schob er seine Hand zwischen die sich schließenden Türen. Wir traten aus dem Lift und hielten auf die Treppe zu.

KAPITEL 8

MARCUS

Alles, was ich tun musste, war, die Schlüsselkarte an das
Lesegerät an der Tür zu halten, und wir hätten es geschafft.
Doch mit Reubens Kuss, der noch immer auf meinen
Lippen kribbelte, ganz zu schweigen von dem Ständer, der
die Vorderseite meiner Hose ausbeulte, hätte diese
dämliche Tür genauso gut über ein zwölfstelliges Zahlen-
schloss und einen Netzhautscanner verfügen können.

Wie durch ein Wunder schaffte ich es, die Schlüsselkarte auf das Lesegerät zu legen, das Licht wechselte auf
Grün, und das Schloss klickte. Wir betraten das Zimmer,
und sobald die Tür geschlossen war, hatte ich Reuben
wieder in meinen Armen. Küssend. Fummelnd. Stolpernd.
Ich war nicht sicher wie, doch obwohl ich beinahe völlig
darauf konzentriert war, Reubens Mund zu erkunden, fand
ich genug Koordinationsvermögen, um meine Schuhe
auszuziehen *und* nicht über seine zu fallen, als er das
Gleiche machte.

Ich zerrte mir das Sakko von den Schultern. Irgendwann war auch seines verschwunden. Obwohl wir beide
beim Verlassen der Bar erschöpft gewesen waren, gab es

jetzt kein Zeichen von Müdigkeit in einem von uns, keine Schüchternheit in ihm. Er presste mich gegen die Wand, küsste mich hart und rieb seine Erektion an meiner, während ich die Rückseite seines Hemds hochschob. Dem leisen Knurren und der Grobheit seiner Berührung nach zu schließen, hatte er jetzt das Kommando, und ich war Wachs in seinen Händen.

Fuck, niemand hatte mich je so geküsst wie er. Er konnte so schüchtern und unsicher sein, aber im Schlaf- zimmer war er selbstsicher und unverfroren. Fasste mich grob an, küsste mich, als ob er verdammt genau wusste, dass ich es so hart und hungrig wollte. Fickte mich, als ob er die volle Absicht hätte, jedes Möbelstück im Zimmer zu zerstö- ren, ehe er mit mir fertig war. Da war nichts Zögerndes an ihm, und nichts hatte mich je so erregt wie die Beobach- tung, wie sein schüchternes Wesen schlagartig auf *das* wechselte. Der Empfänger seines gierigen, fordernden Verlangens zu sein, war das größte Aphrodisiakum, das ich je erlebt hatte.

Kein Wunder, dass ich es nicht durch diese Woche geschafft hatte, ohne ihn in meine Finger zu bekommen, und jetzt, wo ich es hingekriegt hatte, gab es für keinen von uns ein Halten. Wir fummelten wild. Wir zerrten an Klamotten. Wir rieben uns aneinander. Falls ich nicht gele- gentlich hätte keuchen müssen, wenn er mich gerade richtig anfasste, hätte ich wahrscheinlich vergessen, überhaupt zu atmen.

Reuben zog mich von der Wand weg und über die verbleibende Distanz bis zum Bett. Er zerrte mich darauf, und sobald wir auf der Matratze gelandet waren, machten wir uns an der Hose des anderen zu schaffen. Irgendwie bekam ich seinen Reißverschluss auf, und wir atmeten beide scharf ein, als ich meine Finger um seinen Schwanz schloss. Einen Moment später schaffte auch er es unter meine Kleidung, und dann küssten wir uns hungrig und pumpten den Schwanz des anderen.

Er rollte mich auf den Rücken und machte sich dann daran, mir einen zu blasen, aber ich hielt ihn auf.

„Ich habe eine bessere Idee", murmelte ich und gab ihm einen schnellen Kuss, ehe ich mich umdrehte, sodass wir beide leichten Zugang zum Schwanz des anderen hatten. Er machte meine Bewegung nach und drehte sich auf die Seite, und ich stöhnte, als ich ihn in dem Moment in den Mund nahm, in dem er das Gleiche mit mir machte.

Ja. Oh Gott, ja. Das war der Himmel. Das war die Art von Sex, die ich so lange vermisst hatte. Reuben stöhnte um meinen Schwanz, streichelte ihn, leckte über ihn – er lutschte meinen Schwanz, als ob er nichts anderes im Sinn hätte, als absolut alles zu unternehmen, um mich in die Stratosphäre zu schicken. Es war beinahe unmöglich, sich zu konzentrieren, während ich seiner Gnade so ausgeliefert war, aber ich verfügte über die gleiche Entschlossenheit, sein Innerstes nach außen zu kehren, und jedes Mal, wenn er meine Erregung anstachelte, ließ ich diese Lust in die Erwiderung des Gefallens strömen. Er machte das Gleiche, und wir waren in einer wunderbaren Feedbackschleife aus kribbelnder Lust und dem Verlangen nach nicht nur dem eigenen Orgasmus, sondern dem des anderen gefangen.

Ich erhaschte einen Blick auf uns im Spiegel, und heilige Scheiße, das war das Pornografischste, was ich je gesehen hatte. Wir beide in einer Neunundsechzig auf dem noch immer gemachten Bett, beide noch immer angezogen, die Krawatten gelockert und die Hemden halb aufgeknöpft, unsere Hosen gerade weit genug geöffnet, um an den Penis des anderen zu kommen.

Unser Anblick entlockte mir ein Ächzen, was einen

Schauer durch ihn sandte, und er leckte über meinen Schwanz, ehe er ihn ganz in seine Kehle aufnahm. Ich machte das Gleiche und wurde mit einem leisen Stöhnen belohnt. Wieder und wieder machten wir uns gegenseitig an, bis ich nicht widerstehen konnte, mein Becken zu wiegen. Ich schob meinen Schwanz in seinen Mund, und er stöhnte erneut. Manche Männer mochten das nicht, aber Reuben? Oh, allein der Gedanke an all die Male, wo er mich *angebettelt* hatte, seinen Mund zu ficken ...

Ich zwang mich tiefer in ihn, und zwischen meinen Lippen wurde sein Schwanz noch härter und dicker. Seine Hoden zogen sich zusammen. Ebenso wie meine. Wir atmeten beide schnell und keuchend, als wir uns gegenseitig auf das Unausweichliche hintrieben.

Reuben verlor zuerst die Beherrschung. Er wimmerte um mich, und der erste Tropfen von Salz auf meiner Zunge ließ mich geradewegs mit ihm kommen. Ich ächzte und fickte seinen Mund, während ich ihn streichelte und leckte, und kam so hart, dass ich das gesamte Hotel aufgeweckt hätte, wenn mein Mund nicht mit seinem Schwanz und Sperma beschäftigt gewesen wäre.

Er atmete aus. Dann ich. Wir rollten uns auf den Rücken, blieben einen Moment so liegen und kamen langsam zu Atem, während sich das Zimmer um uns drehte. Als ich sicher war, dass ich nicht ohnmächtig werden würde, setzte ich mich auf. Ebenso wie er. Wir trafen uns zu einem salzigen Kuss, und als seine Nägel über meine Kopfhaut kratzten, stöhnte ich an seinen Lippen. Unter dem Eindruck so mächtiger Orgasmen hätten wir zusammenklappen sollen. Wir hätten auf einer Wolke reinen Glücksgefühls einschlafen sollen. In jeder anderen Nacht hätte mich ein so überwältigender Höhepunkt völlig ausgeknockt.

Heute Nacht? Keine gottverdammte Chance.

Keiner von uns war mehr fünfundzwanzig – zum Teufel, das war ich seit zwanzig verdammten Jahren nicht mehr gewesen –, aber das hielt uns nicht auf. Wir mochten nicht mehr hart sein, aber ich hatte keinen Zweifel daran, dass wir es bald wieder sein würden. In der Zwischenzeit mussten wir sechs Jahre verlorener Zeit aufholen, also küssten wir uns und fassten uns an und zogen uns gegenseitig aus. Ich musste unbedingt seinen nackten Körper an meinem spüren, am besten gleich.

Es dauerte nicht lange. Minuten, nachdem wir uns gegenseitig zum Höhepunkt gebracht hatten, waren unsere Klamotten aus dem Weg und wir lagen aneinandergekuschelt auf der Seite unter der Decke meines Bettes, während wir uns küssten, als ob unser Leben davon abhinge. Bei diesem Dreier im Dezember hatte es nicht viel Gelegenheit dafür gegeben. Natürlich hatte es Sex gegeben, und dieser war heiß gewesen, wenn er nicht gerade peinlich war, aber das war weder die Zeit noch der Ort für diese ungehemmte Intimität gewesen. Vielleicht war auch jetzt nicht die richtige Zeit oder der richtige Ort dafür, aber ich stellte es nicht infrage, und Reuben hielt sich nicht zurück.

Selbst nach all dieser Zeit war mir weiterhin jeder Zentimeter seines Körpers ins Gedächtnis gebrannt. Oh, wir hatten uns beide im Laufe der Zeit verändert. Er hatte Gewicht verloren, ich hatte ein wenig zugenommen. Wir waren beide grauer geworden, er mehr als ich. Auf seinem Arm gab es eine Narbe, die damals noch nicht existiert hatte, und ich hatte auch noch nicht die Tätowierung auf meinen Rippen gehabt. Aber die Flächen und Kanten waren auch jetzt noch die gleichen. Er liebte noch immer meine Lippen auf seinem Hals. Ich konnte noch immer nicht genug bekommen von seinen Fingerspitzen, die über meinen Rücken glitten oder sich in meine Gesäßbacken gruben. Er gab noch immer diesen leisen, atemlosen Laut von sich, wann immer ich an seinem Ohrläppchen knabberte, und ich erschauerte noch immer jedes Mal, wenn er mit den Fingern durch meine Haare strich.

Wir machten da weiter, wo wir vor unserer Trennung aufgehört hatten, und wenn es nicht die Narben und die Tätowierung und das Grau gegeben hätte, wäre es so, als ob die letzten Jahre überhaupt nicht geschehen wären.

Ich hatte keine Ahnung, wie lange wir so nebeneinanderlagen – uns küssten, mit den Händen über Haut glitten, unsere nackten Körper so nahe aneinanderdrängten, wie wir nur konnten. Vielleicht hätten wir aufstehen und zur Messe hinuntergehen sollen. Oder vielleicht waren es nur ein oder zwei Minuten gewesen. Ich wusste es nicht. Es war mir auch egal. Es gab absolut nichts, was mich in diesem Moment aus Reubens Armen lösen konnte, und Zeit würde erst dann wieder eine Rolle spielen, wenn ich genug von ihm gehabt hatte.

Es war keine Überraschung, dass wir beide anfingen, wieder hart zu werden, und sobald Erektionen involviert waren, steigerte sich die Intensität. Er fuhr nicht einfach nur mit den Fingern durch meine Haare – er packte sie so fest, dass es wehtat. Ich küsste ihn nicht einfach auf den Hals – ich grub meine Zähne hinein. Es dauerte nicht lange, bis wir beide außer Atem waren wie in den Momenten, nachdem wir uns ins Nirwana geneunundsechzigt hatten. Unsere Körper bewegten sich wie von selbst, entwickelten einen synchronen Rhythmus und rieben und wiegten sich aneinander, als ob sie uns sagen wollten, dass wir aufhören sollten herumzumachen und stattdessen vögeln sollten.

Ich knabberte an seinem Schlüsselbein, was ihn dazu

brachte, sich keuchend aufzubäumen, und knurrte in sein Ohr: „Fick mich."

Reuben atmete scharf ein, und seine Finger zuckten an meinen Seiten. „Hast du Kondome dabei?"

Ich versteifte mich. Fluchte dann. „Hast du welche?"

„Nein." Reuben atmete aus und drückte die Stirn an meine. „Verdammt."

„Richtig, verdammt." Ich stemmte mich hoch. „Das Hotel hat unten einen kleinen Shop. Vielleicht hat er noch offen." Ich machte eine Pause. „Oder ..."

Seine Augenbrauen kletterten nach oben.

Ich schluckte. „Ich bin seit Monaten mit niemandem zusammen gewesen. Niemand außer dir und ..."

Reuben leckte sich über die Lippen. „Die letzten Jahre waren es nur du und sie."

Unsere Blicke trafen sich.

Er schluckte schwer. „Was ist mit Gleitgel?"

Ich überlegte schnell und warf einen Blick in Richtung Badezimmer. Handcreme war normalerweise der Bringer, und Hotels schienen immer welche zur Verfügung zu stellen. „Ich sehe schnell nach, ob es Lotion gibt."

„Oh, gute Idee. Daran habe ich gar nicht gedacht."

Ich verkniff mir eine Bemerkung darüber, dass er wahrscheinlich nicht viele spontane sexuelle Begegnungen hatte, die Improvisation verlangten. Ich musste nicht unbedingt darauf hinweisen, wie ich die ersten paar Jahre nach unserer Trennung verbracht hatte.

Im Badezimmer gab es die übliche Ansammlung kleiner Toilettenartikel und – ja. Handcreme. Ich roch kurz daran, um sicherzugehen, dass sie keine starken Duftstoffe enthielt, die ein Brennen auslösen könnten – diese Lektion hatte ich auf die harte Tour gelernt – und überflog das Etikett. Nichts ließ meine Alarmglocken schrillen. Perfekt.

Als ich zurückkam, hielt ich die Tube mit der Lotion wie einen gewonnenen Preis hoch. Reuben grinste so anzüglich, dass ich das verdammte Ding fast fallen gelassen hätte.

Sobald ich nahe genug war, nahm er es mir ab. „Dreh dich um", befahl er. „Ich will dich von hinten nehmen."

Ich biss mir auf die Lippe, als ich aufs Bett kletterte. Er wusste noch immer, wie ich es mochte, nicht wahr? Oh ja, das tat er, und er kannte auch den einfachsten Weg, mich in ein zitterndes Wrack zu verwandeln – mich eine *Ewigkeit* lang vorbereiten. Er neckte mich mit von Lotion feuchten Fingern. Als er sie hineindrückte, ließ er sich viel, viel Zeit damit, sie hineinzuschieben und wieder herauszuziehen und fingerte mich, als ob er das absolut die ganze verdammte Nacht lang tun könnte. Ich biss die Zähne zusammen, um meine Frustration nicht zu zeigen; ich wusste nur zu gut, wie lange er das tun konnte, wenn er wusste, dass es mich so sehr quälte.

Komm schon, wollte ich betteln. *Gib mir deinen Schwanz. Mach schon.*

Aber ich hielt die Klappe und ließ mich von ihm mit den Fingern ficken. Es fühlte sich fantastisch an, besonders da ich seit langer Zeit für niemanden der Bottom gewesen war. Es war nicht nur sein dicker Schwanz. Und er machte es langsam und sanft – genau das Gegenteil von dem, was er tun würde, sobald er in mir steckte.

Schließlich zog er seine Finger heraus und verlagerte hinter mir das Gewicht. Bei dem Geräusch, wie er Lotion auf seinem Schwanz verstrich, krallte ich mich voller Vorfreude ins Laken. *Ja, ja, bitte, ja.*

Er kniete sich hinter mich, und mit einem leisen Ächzen schob er sich hinein. Einen Moment lang schien die ganze Welt zu verschwinden, mit Ausnahme seiner Eichel, die in mich eindrang, und ich wimmerte, als er sich zurückzog und wieder hineinschob.

Reuben beugte sich vor und vergrub das Gesicht an meinem Nacken, als er den Schwanz in meinen Arsch drückte. „Gott, Marcus ..."

Ich stöhnte nur, überwältigt von der Hitze seines Körpers und dem Gefühl, penetriert zu werden. Seine Eichel streifte meine Prostata, und meine Ellenbogen hätten fast unter mir nachgegeben. Mein Orgasmus war lange genug her, sodass ich nicht mehr unangenehm überempfindlich war, aber die Empfindungen waren dennoch überwältigend und berauschend. Ich schob das Becken nach hinten, gierte verzweifelt nach mehr, und er atmete aus, als er sich tiefer hineinschob.

„Magst du es noch immer hart?", schnurrte er.

„Das weißt du doch." Ich packte den Rand der Matratze, als er sich hinter mir aufsetzte. „Magst du es noch immer, es mir so richtig –"

Er antwortete mit einem Stoß, der so heftig war, dass ich fast an meinem eigenen Atem erstickte, und er hörte nicht auf. Schmerzhaft fest packte er meine Hüften und stieß wieder und wieder und wieder in mich, und Gott sei Dank hatten wir an diesem Abend bereits einen Höhepunkt hinter uns, denn sonst wäre ich viel zu früh gekommen.

„Oh ja", stöhnte ich und schluchzte beinahe vor Schmerz und Lust. „Ja, Baby ..."

Er legte mir eine Hand auf die Schulter. Dann die andere. Ich schloss die Augen. Mein ganzer Körper vibrierte vor Erregung, als er seinen neu gefundenen Halt benutzte, um mich noch härter zu ficken. Alles andere um uns herum verschwand. Es gab nur noch Empfindungen –

Schmerz, Lust, Anspannung, Erleichterung. Ich war wie im Rausch. Trunken. Verzweifelt.

Dann wurde Reuben etwas langsamer. Er keuchte schwer, während er einen langsameren, aber noch immer wilden Rhythmus beibehielt. Durch das sanftere Tempo bekam ich wieder einen klaren Blick, ebenso wie einen klaren Kopf, und mir war alles etwas deutlicher bewusst. Unsere Umgebung. Muskeln, die vor Anstrengung zitterten. Heiße Hände, die über meine Haut glitten, die jetzt nass war, weil wir beide schwitzten. Er klang noch mehr außer Atem als ich.

„Lass mich oben sein", keuchte ich. „Damit du ... damit du eine Pause machen kannst."

Reuben hielt inne. „Mmm, das würde mir gefallen."

Ich grinste über meine Schulter. „Es hat dir immer gefallen, wenn ich dich geritten habe."

Er stieß in mich und entlockte mir ein Ächzen. „Du weißt, dass es mir gefällt."

„Dann leg dich auf den Rücken, wo du hingehörst."

Er antwortete mit einem weiteren heftigen Stoß, zog sich dann zurück und rollte sich auf den Rücken. Ich kletterte auf ihn und hatte binnen weniger Sekunden seinen Schwanz wieder in mir. Trotz des Brennens in meinen Oberschenkeln fand ich einen schnellen, harten Rhythmus, von dem ich wusste, dass er ihm gefallen würde.

Und ... großer Gott. Ich hatte das Spiegelbild unserer Neunundsechziger für heiß gehalten, aber das? Reuben flach auf dem Rücken, die Haut ganz rot und glänzend vor Schweiß, der die Haare auf seiner Brust kleben ließ und seine grauen Haare dunkler machte, sodass sie fast wieder schwarz waren, das Gesicht verzerrt, als er hilflos unter mir stöhnte ... Fuck, das war der erotischste Mann, den ich je gesehen hatte.

Er öffnete die Augen und erwiderte meinen Blick, als er mit beiden Händen meine Brust hinaufstrich. Eine Hand legte sich auf meinen Nacken, und sofort erkannte ich die Botschaft im subtilen Druck seiner Finger: *komm her*.

Ich beugte mich hinunter, und er schlang die Arme um mich, als sich unsere Lippen trafen. Das konnte nicht noch perfekter werden, jetzt wo ich ihn küsste, hielt und ritt – der perfekte Hattrick, in dem ich vollständig von Reuben vereinnahmt wurde.

Er hielt mich fester und stieß nach oben in mich, und wie immer fanden wir selbst in dieser leicht ungelenken Stellung einen mühelosen Rhythmus. Er traf jedes Nervenende genau richtig, und seinen Lauten nach zu schließen hatte ich die gleiche Wirkung auf ihn. Wie vorhin, als wir einander einen geblasen hatten, wollte ich nichts mehr, als ihn zum Höhepunkt zu bringen, und er fickte mich von unten, als ob er das gleiche Ziel hätte.

„Willst du, dass ich so komme?", fragte er mit zitternder Stimme. „Oder soll ich ihn herausziehen?"

„Bleib so." Ich ließ den Kopf neben seinem fallen und presste die Lider zusammen, als mein eigener Orgasmus schnell näherkam. „Gott, ja." Meine Stimme klang fast wie ein zittriges Schluchzen, als ich sagte: „Komm, Baby."

Und genau das machte er. Sein Körper wölbte sich unter mir auf, sein Schwanz pulsierte in mir, und jedes scharfe Keuchen und jeder Fluch kühlten die Seite meines Halses, und seine Finger gruben sich schmerzhaft in mich. Er machte einige weitere tiefe, heftige Stöße und ließ sich dann keuchend und zitternd auf die Matratze zurückfallen – das schönste Wrack, das ich je gesehen hatte.

Ohne sich selbst die Chance zu geben, sich zu erholen, griff er zwischen uns, und ich erstarrte, als er anfing, mich zu pumpen. Ich war ohnehin schon so kurz vor dem Höhepunkt, und die zitternden Bewegungen seiner verschwitzten Hand waren mehr, als ich ertragen konnte. In seiner Hand war ich kein Mann mittleren Alters, der heute Nacht bereits einmal gekommen war. Ich war ein Mittzwanziger, der bei der leisesten Berührung kam, und binnen Sekunden brachte er mich dazu, Sperma über seinen Bauch zu spritzen, während ich aufschrie und fast *geschluchzt* hätte.

Ich ließ mich auf ihn fallen, und er legte wieder die Arme um mich. Eine Zeit lang lagen wir einfach nur da. Ich hob mein Becken weit genug, um seinen Schwanz herausrutschen zu lassen, aber abgesehen davon bewegten wir uns nicht.

Er strich mit den Fingern durch meine Haare. „Hoffe ... hoffe, dass du heute Nacht keine dritte Runde erwartest."

Ich lachte und küsste die Seite seines Halses, ehe ich mich aufstützte, um ihm in die Augen zu sehen. „Nein, das schaffen wir nicht."

Wir schmunzeln beide, und er vergrub seine Hand in meinen Haaren, als wir uns erneut küssten.

Bei dem Kuss hatte ich die Augen geschlossen, hatte aber das Gefühl, dass ich sie ohnehin nicht hätte offen halten können. Der anstrengende Tag hatte mich jetzt definitiv eingeholt. Es mochte eine Zeit in meinem Leben gegeben haben, in der ich an einer Messe teilnehmen und die Nächte durchvögeln konnte, aber diese Zeit war vorüber. Reines Verlangen hatte mich durch zwei Orgasmen getrieben, aber mehr konnte ich nicht aufbringen, und jetzt ließ meine Energie rasch nach.

„Ich schaffe es gerade noch, unter die Dusche zu springen", nuschelte ich, „und das war's dann für diese Nacht."

„Das gilt für uns beide."

„Kommst du mit unter die Dusche?"

„Wenn nicht, schlafe ich ein, bevor du fertig bist."

Mit zitternden Gliedmaßen standen wir auf und schleppten uns ins Bad, um Schweiß und Sperma abzuwaschen. Nachdem wir geduscht hatten, ließen wir uns wieder ins Bett fallen.

Und kaum war mein Kopf auf dem Kissen gelandet, war ich auch schon eingeschlafen.

KAPITEL 9

REUBEN

Nichts auf der Welt war besser, als beim Aufwachen die Wärme einer neben mir liegenden Person wahrzunehmen, besonders, da ich noch immer alles spüren konnte, was wir in der vergangenen Nacht getan hatten.

Und nichts war schlimmer als die kalte Erkenntnis, dass die Person neben mir mein Ex-Freund war. Und Kollege. Und der Mann, den ich in der Nacht, bevor meine Frau und ich uns endgültig getrennt hatten, vor ihr gevögelt hatte.

Oh Gott.

Letzte Nacht war so heiß gewesen. Der Sex war unglaublich gewesen. Und Marcus so unwirklich. Jetzt sah er im schwachen Licht, das von draußen hereinfiel, verdammt sexy aus. Mit Bartstoppeln, die einen Schatten auf seinem Kiefer erzeugten, war er neben mir ausgestreckt und schlief friedlich. Es hätte perfekt sein sollen.

Aber was zum Teufel habe ich mir dabei gedacht?

Dass Marcus mich geküsst hatte, das hatte ich mir gedacht. Sobald er seine Lippen auf meine gepresst hatte, war ich ... Nun, nicht hilflos gewesen. Ich hatte genauso viel

Anteil an letzter Nacht wie er. Dieser Kuss hatte einfach nur all meine Hemmungen beiseite gefegt und mich an alles erinnert, was mir gefehlt hatte, und die Vernunft war zum Fenster hinausgeflogen. Ja, ich hatte mich sehenden Auges hineingestürzt, und tief in meinem Inneren hatte ich gewusst, dass ich es am nächsten Morgen wahrscheinlich bedauern würde, aber in diesem Moment war es mir das wert gewesen. Jahrelang hatte ich Marcus vermisst, und nach den letzten unangenehmen Wochen hatte ich alles *gebraucht*, was dieser Kuss im Aufzug geboten hatte.

Also ... was jetzt? Und wie spät war es überhaupt? Marcus' Wecker hatte noch nicht einmal geklingelt. Warum zum Teufel war ich schon wach?

Oh. Richtig. Mein schlechtes Gewissen machte mir zu schaffen, weil ich dämlicherweise meinen Kollegen/Ex-Freund gevögelt hatte. Letzte Nacht hatte ich keine Zeit gehabt, um zu denken. Als der Staub sich gelegt und wir uns beruhigt hatten, war er bereits eingeschlafen, und ich war ihm gleich darauf gefolgt. Jetzt, in den frühen Morgenstunden, bevor wir einen weiteren Tag voller Menschen angehen mussten, schien als Zeitpunkt genauso gut wie jeder andere zu sein, um mir darüber den Kopf zu zerbrechen.

Ich wusste, warum ich, wider besseres Wissen, letzte Nacht mit ihm im Bett gelandet war. Es stand außer Frage, dass ich mich zu Marcus hingezogen fühlte. Der Mann war heiß, und mit zunehmendem Alter wurde er nur noch heißer, also war es kein Wunder, dass ich mich zu ihm hingezogen fühlte. Besonders, als es einen Bruch in der Spannung zwischen uns gab, konnte ich einfach nicht widerstehen, zu weit zu gehen.

Aber dem nachzugehen, war lange, lange Zeit keine gute Idee gewesen, und was zum Teufel hatte mich glauben lassen, dass letzte Nacht besser wäre als Dezember? Wir schleppten zu viel Gepäck mit uns herum. Zu viel stand zwischen uns. Zu viele Dinge, die ich nicht aussprechen konnte, selbst wenn ich nicht damit beschäftigt war, seinen Schwanz anzusabbern. Seit wir in Boise angekommen waren, hatten wir wieder etwas Ähnliches wie eine Freundschaft erreicht, doch sie fühlte sich noch zerbrechlich an. Als ob sich der Beton des Fundaments noch nicht gesetzt hätte, und wenn man irgendetwas daraufstellte, würde es das ganze Ding einstürzen lassen.

Ich seufzte schwer. Verdammt, ich wollte, dass letzte Nacht richtig war, aber das flaue Gefühl in meinem Magen sagte mir, dass das nicht wahrscheinlich war. Alles fühlte sich völlig falsch an, so, als ob wir etwas getan hätten, an das wir wirklich, wirklich nicht einmal hätten denken sollen. Es war möglich, dass ich mir zu viele Sorgen machte, aber ich vermutete, sobald Marcus wach war, würde ich ohne den geringsten Zweifel wissen, dass wir Mist gebaut hatten.

Ich musste nicht lange warten, um es herauszufinden – Marcus' Wecker ließ mich zusammenfahren, und mit einem Grummeln tastete er blind auf dem Nachttisch herum, bis er das Ding abgeschaltet hatte. Einen Moment lang glaubte ich, dass er vielleicht auf die Schlummertaste gedrückt hatte und wieder eingeschlafen war, obwohl er das nie machte, doch dann tastete er erneut herum und schaltete die schwache Lampe zwischen den Betten ein. Wir zuckten beide zusammen. Einen Moment später öffnete er flatternd die Lider. Langsam gewann sein Blick an Focus, und als er meinen erwiderte, bildete sich ein schläfriges Lächeln auf seinen Lippen.

Es hielt nicht lange an.

Nach einigen Sekunden verschwand das Lächeln, und ich konnte nahezu sein Entsetzen spüren, als sich in seinem

Kopf alles zusammenfügte. Was wir getan hatten. Der Grund, warum wir es nicht hätten sollen. Wie viel Zeit wir noch in unmittelbarer Nähe voneinander verbringen mussten. Okay, ich wusste nicht, ob er sich genau das dachte, aber bezweifelte, dass ich weit daneben lag. Ich kannte ihn, und ich wusste, was wir getan hatten. Ich konnte zwei und zwei zusammenzählen.

Wir haben Mist gebaut, nicht wahr?

Ohne ein Wort setzte sich Marcus auf, und mir entging nicht, wie er näher an den Bettrand rückte. Auch wenn ich das und noch Schlimmeres erwartet hatte, wurde mein Herz schwer. Mistkerl. Wir waren wieder da, wo wir vor unserem Aufbruch zur Messe gewesen waren.

Verbesserung – wir waren nicht wieder da, wo wir vor der Messe gewesen waren. Die Stimmung zwischen uns war jetzt *weit* unangenehmer. Zwischen uns war zu viel ungelöst, um einfach miteinander ins Bett zu steigen. Auch wenn wir die Dinge irgendwie ins Reine gebracht hatten – genug, um es ohne Zwischenfall durch die Woche zu schaffen –, kam all die vergangene Befangenheit mit Verstärkung zurück.

Marcus griff nach etwas auf dem Boden. Dann stand er auf und zog sich seine Boxershorts an. „Ich, äh, mache mich fertig und gehe dann hinunter." Er warf mir einen Blick zu. „Sehe ich dich am Stand?"

„Ja. Ich komme in ein paar Minuten nach."

Wir sahen einander nicht an, als er sich schnell für die Messe fertig machte. Sobald er rasiert und angezogen war, wandte er sich zum Gehen, kam zurück für seinen Messeausweis und eilte dann aus dem Zimmer.

Leise fluchend legte ich mich auf das Bett zurück, wo ich ihm letzte Nacht den Verstand herausgevögelt hatte. Tja, Scheiße. Was jetzt?

Ich hoffe, du weißt, wie wir das wieder hinkriegen, Marcus. Denn ich habe nicht die geringste Ahnung.

Unser Stand schien um einiges kleiner zu sein als gestern. Einige Male fragte ich mich ernsthaft, ob die Mitarbeiter der Messe während der Nacht gekommen waren und alle unsere Aufsteller und Tische enger zusammengestellt hatten. Waren Marcus und ich schon die ganze Woche zusammengestoßen und übereinander gestolpert und es war mir nur nicht aufgefallen?

Nicht, dass es eine Rolle spielte. Wir konnten einander nicht aus dem Weg gehen, und jedes Mal, wenn wir stolperten oder zusammenstießen, wurde die Stimmung zwischen uns noch peinlicher. Wenn es so weiterging, würde es den Leuten bald auffallen.

Ich versuchte, mich mit aller Gewalt auf das zu konzentrieren, weshalb wir hergekommen waren. Marcus übernahm das Süßholzraspeln, und mir blieb nur, über die technischen Aspekte der Produktlinien von Welding & Control Equipment zu reden. Ich kannte diese Sachen in- und auswendig, also hätte es selbst unter den ablenkendsten Umständen leicht sein sollen.

Hätte.

Noch nie zuvor hatte ich solche Schwierigkeiten bei Vorführungen. Gut, dass ich nicht tatsächlich die Schneidbrenner anwerfen und irgendwas schneiden oder schweißen musste. Ich war ziemlich sicher, dass es sonst zu einer richtigen ruf-911-Katastrophe kommen würde. Allein, dem üblichen Vorgang der Demo zu folgen, alle Einzelheiten zu erklären, all die Gründe zu betonen, warum unser Design dem anderer Firmen überlegen war – es war wie in einem dieser Träume, wo man wieder auf der Highschool war und ein Referat halten musste, sich aber an kein Wort erinnern konnte. Ich wäre nicht überrascht gewesen, wenn ich bei einem Blick auf mich festgestellt hätte, in meiner Unterwäsche dazustehen.

Als es etwas ruhiger zuging, wandte sich Marcus mir zu und räusperte sich. „Also, ähm, da läuft eine Vorführung für ein paar neue Gas-Sammelleitungen. Falls du dir das ansehen willst, kann ich solange für dich die Stellung halten."

„Versuchst du, mich loszuwerden?" Der Witz kam heraus, ehe ich es mir anders überlegen konnte.

Unsere Blicke trafen sich, und die Verlegenheit nahm so stark zu, dass ich erstaunt war, dass es niemand um uns bemerkte.

Marcus unterbrach das Bockstarren. Seine Wangen wurden dunkler.

Ich verlagerte mein Gewicht. „Ich denke, ich hole mir einfach einen Kaffee. Willst du, äh, auch einen?"

Er schüttelte den Kopf, ohne mich anzusehen oder einen Laut von sich zu geben.

„Okay. Gut. Ich bin bald zurück." Ich ging und hasste mich selbst für das Gefühl der Erleichterung, etwas Distanz zwischen uns zu bringen.

Letzte Nacht hatte ich ihm nicht nahe genug sein können. Jetzt das.

Die Schlange im Coffeeshop war kurz, und binnen kürzester Zeit war ich wieder auf dem Weg zurück zum Stand.

Wo hatte er gesagt, dass diese Sammelleitung-Vorführung war? Ich hatte null Interesse an der Vorführung einer anderen Firma, aber es war eine Ausrede, eine Zeit lang unserem Stand fernzubleiben.

Bei diesem Gedanken wurde mir noch flauer im Magen. Denn nichts sagte *bin froh, dass wir letzte Nacht gevögelt haben* mehr, als sich nach der nächstbesten Ausrede umzusehen, um wegzukommen.

Mistkerl.

KAPITEL 10

MARCUS

Wenn es eine Sache gab, die ich in all den Jahren gelernt hatte, in denen ich schon auf Messen fuhr, war es das: einen Stand abzubauen war wie tapezieren. Eine elende Placke-rei. Viel mehr Mühe, als es wert war. Eine Aufgabe für mindestens zwei Leute, die garantiert mehr Öl in das Feuer eines Konflikts goss, der zwischen diesen beiden Leuten schwelte.

Reuben und ich hatten keine Messe mehr, die unsere Aufmerksamkeit in Beschlag nahm, also meldete sich diese erdrückende Post-Messe-Erschöpfung, die wirklich gut darin war, eine Lunte zu kürzen und kleine Aufgaben in riesige zu verwandeln. Ich hatte mehr als nur ein paar leicht hitzige Diskussionen mit den anderen Leuten geführt, die sonst mit mir auf Messen fuhren, für gewöhnlich über irgendwas Dämliches, das unter normalen Umständen keinen von uns aufgeregt hätte.

Nur, dass ich das noch nie mit jemandem hatte tun müssen, mit dem ich geschlafen hatte, ganz zu schweigen mit jemandem, mit dem ich mir jetzt *zwei* bedauernswerte sexuelle Begegnungen in ziemlich kurzer Folge teilte. Es gab so viele durcheinanderwirbelnde Emotionen, dass sie aufhörten, einzelne Gefühle darzustellen, und sich in ein einziges, hochentzündliches verwandelten – Wut. Denn Wut tat weniger weh als Scham. Denn es war leichter, auf jemanden loszugehen als zusammenzubrechen. Denn es war weniger schmerzhaft, ihm die Hölle heiß zu machen, weniger anstrengend und weniger sinnlos, als ihm zu sagen, wie ich mich wirklich fühlte.

Um weder meine berufliche Reputation zu schädigen, noch meinen Job zu verlieren, behielt ich diese Wut so weit unter der Oberfläche, wie ich nur konnte. Ich redete nicht, außer es musste unbedingt sein. Ich sah ihn nicht einmal an, wenn es sich vermeiden ließ.

„Brauchst du Hilfe mit den Demo-Behältern?" Reubens Tonfall war neutral, aber er schaffte es trotzdem irgendwie, sowohl Langeweile als auch Unbehagen hineinzupacken. Ersteres sollte wahrscheinlich Letzteres verstecken. *Bitte, krieg nicht mit, wie angespannt ich bin.*

Du wärst nicht so angespannt und ich ebenfalls nicht, wenn wir nicht –

Ich räusperte mich und sprach mit Bedacht. „Es braucht zwei Leute, um den Behälter zu tragen, sobald alles drin ist. Wenn du alles zusammenpacken kannst, helfe ich dir, ihn in den Van zu schaffen."

Reuben gab keine Antwort. Er stellte den leeren Behälter auf den Wagen, den uns das Messezentrum zur Verfügung gestellt hatte, und begann, die Vorführgeräte zu zerlegen.

Normalerweise hätte ich ihn mit Adleraugen über-wacht oder die Sachen selbst demontiert, aber Reuben hatte es bereits in die Hand genommen. Ihn ständig zu beobach-ten, würde ihn selbst an seinen guten Tagen nerven.

Abgesehen davon, rief ich mir ins Gedächtnis, hatte er

beim Design von einem Großteil dieser Geräte eine Rolle gespielt. Er wusste, wie man mit ihnen umging, ohne etwas zu beschädigen.

Also schaltete ich meinen inneren Kontrollfreak aus und konzentrierte mich auf meine eigene Aufgabe – das Banner zusammenrollen, damit es keine Falten bekam und in seinen Behälter passte.

Okay. Wir hatten interagiert, ohne in die Luft zu gehen. Wir konnten das schaffen. Vielleicht. Hoffentlich. Nein, wir konnten es, verdammt nochmal.

Es gab einige Dinge zu unseren Gunsten, die uns von einer explosiven Konfrontation abhielten. Erstens war da Reubens Allergie darauf, die Aufmerksamkeit auf sich zu ziehen, außer es war unbedingt nötig. Zweitens hatten wir beide *jahrelange* Praxis darin, unsere persönlichen Angelegenheiten bei der Arbeit (meistens) zu verstecken, selbst wenn es uns mies ging.

Also schafften wir es, abgesehen von ein paar vielsagenden Blicken und knappen Bemerkungen durch zusammengebissene Zähne, den Stand abzubauen, ohne dass etwas passierte. Was gut war – keiner von uns konnte es brauchen, dass unser Boss Wind davon bekam, wie wir vor der halben Branche die Beherrschung verloren und uns gegenseitig anbrüllten. Falls jemand genauer hingesehen hätte, wäre ihm vermutlich die Spannung zwischen uns aufgefallen. Gott wusste, es fühlte sich ungefähr so subtil wie ein wütender Bulle an, der gleich in einem Rodeo losgelassen wurde, aber ich nahm an, es war für mich oder Reuben offensichtlicher als für alle anderen. Die anderen waren mit ihren eigenen Ständen beschäftigt, also bezweifelte ich, dass wir jemandem auffielen. Zumindest hoffte ich das.

Doch diese Anspannung würde nicht eine Ewigkeit

unter Verschluss bleiben. Wir hatten noch eine weitere gemeinsame Nacht im Hotelzimmer vor uns, gefolgt von der morgigen, furchtbar langen Fahrt zurück nach Seattle. Während des gesamten Abbaus und des Beladens unseres Lieferwagens fürchtete ich mich vor dem Moment, wenn wir zusammen allein sein würden. Am Nachmittag war ich nicht immer sicher, dass wir es zurück ins Zimmer schaffen würden.

Bei unserem achtzigsten oder zweitausendsten oder wievieltem Gang auch immer zum Van waren wir plötzlich allein in der Parkgarage. Als sich unsere Blicke über der Kiste mit Vorführgeräten trafen, die wir zusammen hochheben mussten, konnte ich beinahe spüren, wie die anstehende Konfrontation zwischen uns explodierte.

Aber dann öffnete sich der Aufzug, und einige Leute von einer Firma, die ich nicht sofort erkannte, kamen mit einigen Plastikbehältern vorbei, und der Moment ging vorüber. Es war nicht so, als ob die Spannung verschwunden wäre. Mehr, als ob jemand einen Schneidbrenner gefährlich nahe an eine Stange Dynamit gehalten hätte, ihn dann aber von der Lunte wegbewegte. Das Dynamit war noch immer da und der Schneidbrenner noch immer angezündet, aber im Moment waren die beiden weit genug voneinander entfernt, um uns durchatmen zu lassen.

Schweigend luden wir den Behälter in den Lieferwagen, schlossen und versperrten die Türen und schoben den Wagen zurück in die Messehalle.

Und die ganze Zeit versuchte ich, die tickende Zeitbombe zwischen uns zu ignorieren, und versagte dabei.

Wir konnten das Unvermeidliche nicht ewig hinausschieben, und ich sah es schon aus weiter Ferne auf uns zukommen.

Während des Wegs zurück ins Hotel, im Aufzug und den Flur hinunter konnte ich in der Anspannung in meiner Brust spüren, wie es sich zusammenbraute, und ich konnte es im Zucken seiner Kiefermuskeln sehen. Falls es so etwas wie ein emotionales Entlastungsventil gäbe, hatten wir die Schwelle von allem überschritten, was es zurückhalten konnte. Zu diesem Zeitpunkt brauchte es nicht einmal mehr einen Funken für eine Explosion.

Es brauchte keinen, aber es bekam einen, und dieser Funke kam in der Gestalt von mir, als ich die Tür *ein wenig* härter schloss als nötig. Es war nicht meine Absicht gewesen. Ich schlug die Tür nicht zu. Zu jedem anderen Zeitpunkt wären wir bei dem unerwarteten, leisen Knall zusammengezuckt, und mehr wäre nicht passiert.

Doch nicht dieses Mal.

Die Tür fiel ins Schloss, was sich wie ein Schuss anhörte, und wir wären beide fast aus der Haut gefahren. Ich konnte beinahe spüren, wie sich das Entlastungsventil öffnete.

Reuben wirbelte herum, die Lippen über die Zähne zurückgezogen und die Augen verengt, als er mit einem Finger auf mich zeigte. „Was zum Teufel hast du dir letzte Nacht dabei gedacht?"

Ich richtete mich auf und hob meine Handflächen. „Ich? Dafür sind zwei nötig, weißt du."

Er machte ein finsteres Gesicht. „Ja, aber man braucht nur einen, der den ersten Schritt macht."

„Im Aufzug hast du nicht wirklich protestiert", fauchte ich. „Ich habe definitiv keine Proteste gehört, sobald du meinen Schwanz in deinem Mund hattest."

„Natürlich hast du das nicht", schoss er zurück. „Du

hast gewusst, dass du nichts hören würdest, weil du weißt, dass ich dir noch nie etwas habe abschlagen können."

Die Worte waren wie eine Ohrfeige. Wir starrten einander in verblüfftem Schweigen an.

„Glaubst ..." Ich schluckte. „Glaubst du wirklich, dass ich dich deshalb geküsst habe? Wenn ich gewusst habe, dass du nicht Nein sagen würdest?"

Er verkrampfte seinen Kiefer und verschränkte die Arme. „Hättest du das getan, wenn du geglaubt hättest, dass ich dich zurückweise?"

„Das ist nicht das Gleiche, wie damit anzufangen, weil ich dich ausgenutzt habe." Ich hob meine Hände. „Hör zu, ich weiß nicht, warum ich dich geküsst habe. Es hat sich einfach richtig angefühlt, und ich –"

„Ja, ich bin sicher, dass es das getan hat."

Ich blickte ihn finster an, nicht sicher, ob ich von den Anschuldigungen verärgert oder verletzt war. „Ich kann nicht glauben, dass du denkst, dass ich dich nur angemacht habe, weil ... weil ..." Ich warf eine Hand hoch. „Ernsthaft, Reuben? Glaubst du das ernsthaft?"

„Nun, ich kann mir nicht vorstellen, dass du das getan hast, weil du gedacht hast, dass es den Rest der Messe erträglich machen würde, also sag du es mir."

Ich starrte ihn mit offenem Mund an, unfähig, all das zu verarbeiten. Reuben hatte mich schon früher angeschnauzt, und Gott wusste, dass wir beide in der Hitze des Gefechts Dinge gesagt hatten, die wir nicht so meinten, aber ich konnte einfach nicht begreifen, was er sagte. Dachte er wirklich ...? Glaubte er tatsächlich ...?

Fuck. Ich konnte das nicht. Nicht jetzt. Ich war zu aufgewühlt und zu müde, um hier zu stehen und mir anzuhören, wie er dachte, dass letzte Nacht ... *so* gewesen war. Vielleicht war es ein Fehler gewesen, aber ich hatte ihn gewollt und nicht, weil ich wusste, dass er Ja sagen würde. Zum Teufel, ich hatte eine Scheißangst gehabt, dass er mich zurückstoßen und abweisen würde. Ich schaffte es nicht, all das aufzunehmen. Nicht heute Abend.

„Weißt du was?" Erneut hob ich meine Hände. „Ich bin hier fertig. Ich bin erschöpft, und morgen hocken wir den ganzen Tag zusammen im Van, also wenn du einverstanden bist, werde ich eine Weile verschwinden."

„Nur zu." Er zog seine Schuhe aus und schob sie gegen seinen Koffer. „Ich bleibe hier."

Nicht, dass es mich kümmerte. Solange er irgendwo anders war als ich, war mir alles recht.

Ich überprüfte, ob ich meine Brieftasche und den Zimmerschlüssel hatte, und ohne ein weiteres Wort machte ich mich so schnell wie möglich davon.

KAPITEL 11

REUBEN

Die beständige Lawine an E-Mails – die meisten von ihnen dringend – stellten sich eher als ein Segen als ein Fluch heraus. Immerhin gaben sie mir etwas zu tun, um mir die Zeit zu vertreiben, während Marcus weg war.

Ich war ziemlich sicher, dass er in die Hotelbar gegangen war. Die Messe war vorbei, also trafen sich viele der Besucher dort für ein ungezwungenes Beisammensein. Nach allem, was ich gehört hatte, bedeutete das, dass sich so ziemlich alle betranken und eine Nacht lang laut waren, ehe sie zurück an die Arbeit schlurfen mussten. Dort sollten auch, der Legende nach, die größten Messe-Fehler passieren. Die törichten, alkoholinduzierten One-Night-Stands. Das betrunkene Ausplaudern von Branchengeheimnissen. Das besoffene Labern, das berufliche Beziehungen auflösen und eine feindliche Arbeitsumgebung schaffen konnte.

Nicht mein Ding.

Und überhaupt war es mir ziemlich egal, wo er hingegangen war. Ich war einfach nur froh, dass er nicht hier war. Die verlegene Stimmung zwischen uns war zehnmal schlimmer als auf dem Weg nach Boise, und je weniger Zeit wir zusammen verbrachten, desto besser. Sobald wir wieder nach Seattle und zu unserem normalen Leben zurückgekehrt waren, konnten wir vielleicht dran denken, die Luft zwischen uns wieder zu klären, aber im Moment wollte ich nicht reden. Ich konnte mir nicht vorstellen, in nächster Zeit zu schlafen, ich hatte kein Verlangen, mit irgendjemandem zu feiern, und solange er nicht ins Zimmer zurückkam, konnte ich in Ruhe vor Wut kochen.

Morgen früh würde ich todmüde sein, aber das war mir egal. Marcus konnte fahren. Er war der Morgenmensch, also war er für diese Aufgabe ohnehin besser geeignet.

Nun, davon ausgehend, dass er überhaupt etwas Schlaf bekam. Er war schon ziemlich lange Zeit fort, oder?

Ich sah auf die Uhr. Beinahe halb zwölf.

Ich kaute auf der Innenseite meiner Wange. Es sah Marcus gar nicht ähnlich, auszugehen und zu feiern, besonders nicht in so einer Nacht. Er war ein Morgenmensch. Lange aufzubleiben war nie sein Ding gewesen, besonders nicht, wenn er früh aufstehen musste.

Okay, Marcus kam mit weniger Schlaf aus als die meisten Leute, aber auch er brauchte zumindest etwas Schlaf, besonders, wenn er einen vollbeladenen Lieferwagen in beschissenem Wetter über schlechte Straßen steuern musste. Außerdem mussten wir früh los, denn morgen sollte das Wetter schlecht werden. Wir konnten es uns nicht leisten, später als um sechs oder sieben Uhr loszufahren, und ich *kannte* Marcus. Dieser Mann funktionierte mit zu wenig Schlaf wie ein Auto, nachdem jemand Zucker in den Tank gekippt hatte.

Ich ächzte, nahm mein Handy und schickte ihm eine SMS.

Wo bist du? Wir sollten schlafen.

Keine Antwort. Er sah die Nachricht, aber ... Keine Antwort.

Scheiße. Ich warf das Handy neben mir aufs Bett. Auch wenn er nicht schlafen musste, traf das auf mich nicht zu, und ich würde keinen Schlaf finden, wenn ich hier herumlag und mich fragte, wann er zurückkommen würde. Oder falls er hereinkam und das Licht einschaltete.

Verdammt, ich hätte ein Einzelzimmer buchen sollen. Dann könnten wir einander problemlos aus dem Weg gehen.

Aber mir stand eine teure Scheidung bevor, also war ich im Moment nicht besonders flüssig. Marcus mochte in der Lage sein, die Firma zu überzeugen, ihm den Zimmerservice zu spendieren, aber es gab Grenzen. Ich wollte meinem Dad oder der Buchhaltungsabteilung nicht wirklich erklären, warum sich zwei Menschen kein Zimmer teilen konnten, das groß genug war, um bequem vier Leute unterzubringen, und ich bezweifelte, dass Marcus das wollte. Ich war ziemlich sicher, dass das Hotel ohnehin ausgebucht war, also wäre die einzige andere Option, sich eine andere Übernachtungsmöglichkeit zu suchen. Was mir plötzlich wie gar keine so schlechte Idee vorkam. Falls mein Vater mich für eine weitere Messe verpflichtete, dann würde ich genau das tun.

Doch für diese Messe waren Marcus und ich Zimmergenossen, und auch wenn ich nicht in seiner Nähe sein wollte, störte es mich, dass er noch nicht zurück war. Besonders, als ich ihm die nächste SMS schickte und bemerkte, dass es fast Mitternacht war.

Kein Zeichen von Marcus. Er hatte meine SMS gelesen, also sofern er nicht entführt worden war, war er noch immer am Leben und sah auf sein Handy. Er antwortete nur nicht und schien es nicht eilig zu haben, wieder aufs Zimmer hochzugehen.

Tja, ich konnte nicht viel tun, sofern ich nicht hinuntergehen und ihn zurück aufs Zimmer zerren wollte. Also nahm ich eine schnelle Dusche, putzte meine Zähne und machte mich fürs Bett fertig. Als ich mich hinlegte, zeigte der Wecker zwischen unseren Betten 00:13 Uhr an.

Es dauerte eine lange, lange Zeit, bis ich endlich einschlief.

Und mein letzter Gedanke, bevor die Erschöpfung mich endlich übermannte, war, dass Marcus noch immer nicht zurückgekommen war.

KAPITEL 12

MARCUS

Als der Barkeeper mir den nächsten puren Whisky eingoss, sah ich auf mein Handy. Es war nach Mitternacht.

Ich kaute auf meiner Unterlippe und warf dem Drink einen Blick zu. Ich war bereits leicht betrunken, und es war spät geworden. Doch der Barkeeper schenkte bereits ein, und es bestand die Möglichkeit, dass Reuben noch immer wach war. Schließlich hatte er mir vor einer halben Stunde eine SMS geschickt. Solange hierzubleiben, bis ich diesen Whisky ausgetrunken hatte, würde nicht viel Unterschied machen, nicht wahr? Außer Reuben vielleicht etwas mehr Zeit geben, um einzuschlafen, damit wir einander nicht gegenübertreten mussten?

Ich nahm das Glas, bezahlte, lehnte mich an die Bar und betrachtete die vertrauten Gesichter der Menschen, die alle auf dem besten Wege waren, sich zu betrinken. Es war lange her, seit ich mich zu ihnen gesellt hatte; während der letzten paar Jahre hatte ich es sorgfältig vermieden, in der letzten Nacht einer Messe spät abends an der Bar abzuhängen. Das war der Ort, wo die Menschen ihr wahres Gesicht zeigten, sich betranken und Dinge taten, über die der Rest von uns sich die nächsten Jahre das Maul zerreißen würde. Ein paar Mal war ich Gegenstand dieses Tratsches gewesen und hatte früh gelernt, dass es besser war, einfach nur kurz aufzutauchen, sich von ein paar Leuten zu verabschieden und dann wieder zu verschwinden, unter dem Vorwand, früh am nächsten Morgen abreisen zu müssen.

Diesmal war es kein Vorwand. Ein Schneesturm bewegte sich auf diese Region zu und würde sie in den nächsten vierundzwanzig Stunden erreichen. Reuben und ich mussten früh auf die Straße und möglichst viele Meilen hinter uns bringen, ehe der Blizzard am Nachmittag eintraf. Solange wir es gegen zwei oder drei Uhr in den Staat Washington schafften, vorausgesetzt, der Sturm änderte nicht plötzlich seine Stärke oder Richtung, würden wir ihm entkommen. Nur um auf der sicheren Seite zu sein, wollte ich bis Mittag zurück in Washington sein.

Ich starrte in meinen Drink und überlegte, ob ich ihn unangetastet auf der Bar stehen lassen sollte. Ich war noch immer einigermaßen klar bei Verstand und sicher auf den Füßen. Doch wenn ich dieses Glas ausgetrunken hatte, wäre ich wie meine Kollegen auf dem besten Weg in eine Nacht unprofessionellen Verhaltens in der Öffentlichkeit.

Aber zumindest wäre ich betäubt. Ich wäre weg von Reuben und hätte etwas mehr Zeit, um an etwas anderes zu denken, als wie viel länger und wie viel unangenehmer unsere Fahrt nach Hause sein würde, jetzt, da wir ...

Ich zuckte zusammen.

Verdammt. Offensichtlich war ich nicht betrunken genug, denn ich war noch immer klar genug im Kopf, um mich bei dem, was wir getan hatten, zu winden.

Scheiß drauf.

Ich nahm einen tiefen Schluck. Dann den nächsten.

Dann kippte ich den Rest hinunter, rief den Barkeeper und bestellte einen doppelten Whisky.

Als ich diesen zur Hälfte ausgetrunken hatte, durchbrach ein zirpendes Quietschen den Lärm der Menge: „Marcus!"

Ich drehte mich um und sah Sheila Brown von ... fuck, von welcher Firma auch immer sie war. Mit einem gezwungenen Lächeln ließ ich mich von ihr umarmen – eine dieser betrunkenen Umarmungen, die eher ein kontrollierter Sturz von ihr war in der Hoffnung, dass ich sie halten würde. Während ich ihr half, sich aufzurichten, sagte ich: „Wie geht es Ihnen?"

„Ich bin ..." Sie hielt ihre fast leere Flasche Bier hoch. „Nun, ich denke, das wissen Sie." Sie stieß mich an und nuschelte: „Was machen Sie noch immer hier? Sie sind nie auf dieser Party."

Weil ich mir normalerweise nicht das Zimmer mit jemandem teile, dem ich nicht in die Augen sehen kann.

Ich nippte an meinem Drink und lächelte wieder. „Ich habe ganz schön was verpasst, nicht wahr?"

„Haben Sie." Sie hängte sich bei mir ein. „Kommen Sie. Meine Außendienstmitarbeiter glauben mir nicht, als ich ihnen gesagt habe, dass Sie tanzen können."

Ich zuckte zurück und stemmte die Füße in den Boden. „Oh nein. Nicht –"

„Kommen Sie!" Sie zog an meinem Arm. „Nur ein Lied oder zwei!"

„Ich weiß, aber ich muss ..." Was? Zurück aufs Zimmer gehen und mich beschissen fühlen? Versuchen zu schlafen, auch wenn es keine Chance darauf gab, solange Reuben im Bett daneben lag?

Tja, verdammt. Ich könnte mich entweder im Bett herumwälzen oder hierbleiben und eine Zeit lang tanzen.

Ich würde ohnehin keinen Schlaf finden, und das würde wenigstens Spaß machen.

Also zuckte ich mit den Schultern, kippte den Rest meines Drinks hinunter und ließ mich von ihr auf die Tanz-fläche ziehen.

KAPITEL 13

REUBEN

Um 5:00 Uhr am nächsten Morgen riss mich mein Wecker aus einem ruhelosen Schlaf.

Um 5:01 Uhr ließ mich Zorn schlagartig munter werden.

Marcus lag ausgestreckt auf seinem Bett und schnarchte auf die Art, wie er es nur tat, wenn er getrunken hatte. Er war noch immer angezogen – zum Teufel, er hatte sogar noch seine Schuhe an – und schien den Wecker gar nicht bemerkt zu haben. Wann war er hereingekommen? Anscheinend während einer der kurzen Phasen, wo ich tatsächlich geschlafen hatte.

Ich stand auf und schaltete den Wecker aus. Er hatte sich noch nicht bewegt, also beugte ich mich über ihn, um ihn anzustupsen. Der Geruch von Alkohol ging so stark von ihm aus, dass mir Tränen in die Augen stiegen. Ich fluchte unterdrückt und schüttelte seine Schulter. „Marcus. Hey. Marcus?"

Er stöhnte, doch seine Augen blieben geschlossen.

„Marcus. Steh auf. Wir müssen los." Ich schüttelte ihn fester. „Verdammt noch mal, Marcus!"

Diesmal ächzte er, und dann hoben sich flatternd seine Lider, ehe sie sich völlig öffneten. Er zuckte zusammen und presste sie wieder aufeinander, doch es hatte gereicht, dass ich sah, wie blutunterlaufen seine Augen waren.

„Okay, okay", brummte er. „Ich bin wach."

„Blödsinn."

Er warf mir einen finsteren Blick zu, dann setzte er sich mit einem Stöhnen auf und rieb sich übers Gesicht. „Lass mich nur ..." Er machte eine Pause, und sein Blick verlor an Fokus, als er das Gleichgewicht zu verlieren schien.

Ich musterte ihn und zwang meinen Ärger unter die Oberfläche. „Was?"

„Nur ..." Seine Kiefer knallten aufeinander. Sein Gesicht verlor an Farbe. Dann sprintete er zum Badezimmer und gönnte mir – und wahrscheinlich rundherum allen Gästen – die Geräusche eines einminütigen Kotzanfalls. An jedem anderen Tag wäre ich vielleicht herablassend gewesen, weil er es absolut verdiente, sich so elend zu fühlen, wie er klang, aber nicht heute. Es war nicht witzig, dass er viel zu verkatert war, um zu fahren. Zum Teufel, vielleicht war er sogar noch immer betrunken.

Ich rieb mir mit den Handballen über die schmerzenden Augen. Was für eine Scheiße. Ich würde fahren, nicht wahr? Obwohl ich die Nachteule war und fast keinen Schlaf bekommen hatte, würde ich fahren. Die einzige Alternative war, eine weitere Nacht in Boise zu verbringen und für morgen das Beste zu hoffen und ... Nein. Scheiße, nein. Es war mir egal, wie viel Koffein nötig war – wir würden *heute* noch nach Seattle zurückkehren.

Marcus kam aus dem Badezimmer zurück und sah ganz grün und wackelig aus.

Ich presste die Kiefer aufeinander. „Alles in Ordnung?"

„Ich glaube schon", krächzte er. „Brechen wir auf. Wir müssen ..." Sein Blick verlor wieder an Fokus.

„Idaho verlassen, bevor dieser Blizzard auftaucht?"

Er schnippte mit den Fingern. „Ja. Genau das. Los."

Ich verdrehte die Augen, sagte aber nichts, sondern zog mich einfach an. Ich sparte mir eine Rasur, putzte aber zumindest die Zähne und spritzte mir kaltes Wasser ins Gesicht. Es war keine Überraschung, dass Marcus länger als ich brauchte, um fertig zu werden, aber er riss sich zusammen. Keiner von uns sagte ein Wort, als wir das Zimmer verließen.

Im Aufzug lehnte er sich schwer an die Wand, schloss die Augen und schluckte, als ob er sich verzweifelt bemühte, nicht wieder zu kotzen.

Ich konnte es ihm nachfühlen. Es war schwer zu glauben, dass wir vorletzte Nacht hier drinnen eine lächerlich heiße Fummelei hatten. Jetzt reichte allein schon die Nähe zu ihm, um Brechreiz in mir auszulösen, und das lag nicht nur an den Alkoholdünsten, die er noch immer ausstrahlte.

Als wir die Lobby erreichten, gab ich ihm die Schlüssel des Vans und schickte ihn in die Garage hinunter, damit er dort neben dem Lieferwagen auf mich wartete. Es hatte keinen Sinn, ihn in der Schlange fürs Auschecken stehen zu lassen, wenn er in einem so miesen Zustand war. Ich bezweifelte, dass er im Moment überhaupt wusste, wie er auschecken musste.

Der Check-out war ereignislos und einfach, und ich holte mir vom Espressostand einen Becher Kaffee, ehe ich in die Garage hinunterging. Als ich zum Van spazierte, beäugte Marcus meinen Becher und schaffte es tatsächlich, noch grüner auszusehen.

Ich konnte nicht widerstehen und hob den Becher. „Kaffee?"

Marcus zuckte zusammen und schüttelte wortlos den Kopf. So, wie er die Kiefer aufeinanderpresste, musste ich nicht fragen, warum er nichts wollte. Ich konnte mir nicht vorstellen, dass er noch viel in sich hatte, was er herauskotzen könnte, aber es bestand die Chance, dass er mich überraschte, also bedrängte ich ihn nicht.

Und es ging ihm hundeelend. Er tat mir *beinahe* leid, weil er sich beschissen fühlen musste. Aber nicht wirklich. Nicht, nachdem er sich entschieden hatte, so spät aufzubleiben und so viel zu trinken, obwohl er wusste, dass wir so früh raus mussten.

Geschieht dir recht, Arschloch.

Wir hatten es noch nicht einmal bis zum Freeway geschafft, als Marcus auf dem Beifahrersitz eingeschlafen war. Irgendwie wollte ich, dass er wach blieb und mich daran erinnerte, warum ich sauer auf ihn war. Sauer zu sein, würde mich wachhalten. Die Kombination der Heizung des Vans, der Stille zwischen uns und der Monotonie der Straße vor Sonnenaufgang drohte, mich einschlafen zu lassen. Wäre es falsch, ihn aufzuwecken und einen Streit anzufangen, nur um mich wachzuhalten?

Vielleicht, vielleicht auch nicht, aber ich ließ ihn schlafen. Die Wahrheit war, dass ich zu müde für so etwas war. Momentan war es im Bereich des Möglichen, dass ich in Tränen ausbrechen könnte, falls wir anfingen, uns zu streiten. Es war einfach so viel, und ich konnte es nicht auf die Reihe kriegen, und der einzige Mensch, den ich normalerweise bitten konnte, mir dabei zu helfen, mit so etwas klarzukommen, war auf der anderen Seite dieser riesigen Katastrophe.

Später. Nachdem wir beide eine Möglichkeit gehabt hatten, zu Atem zu kommen. Nach mehr Kaffee. Vielleicht auch, nachdem wir beide etwas Schlaf bekommen hatten, denn ich kroch auf dem Zahnfleisch daher. Fahren war viel schwieriger, als es hätte sein sollen. Meine Augenlider waren schwer. So schwer. Jedes Mal, wenn ich blinzelte, war es schwieriger, wieder die Augen zu öffnen. Verdammt. An der nächsten Ausfahrt mit irgendetwas, das Kaffee verkaufte – Starbucks, ein Supermarkt, irgendein zwielichtiger Typ in einem rostigen Imbissstand –, würden wir halten. Ich hatte ganz eindeutig nicht genug Koffein bekommen.

Ich packte das Lenkrad und zwang meine brennenden Augen, offen zu bleiben, wenn auch nur, damit ich Ausschau halten konnte nach jemandem, der gesegneten Kaffee verkaufte.

Nach einer Meile oder zwei fingen meine Augen an, wieder schwer zu werden.

Sie schlossen sich.

Ich hielt sie geschlossen.

Nur für eine Sekunde.

Nur eine Sekunde ausruhen.

Nur –

Ein lautes Rumpeln ließ mich aufschrecken, und ich lenkte den Wagen zurück auf die Spur. Gott sei Dank gab es diese Streifen am Bankett, um LKW-Fahrer aufzuwecken. Es stellte sich heraus, dass sie auch für Fahrer eines Lieferwagens funktionierten.

Neben mir zuckte Marcus leicht. „Was war das?"

„Nichts." Mein Gesicht brannte. Ich war jetzt wach. „Hab nur versucht, einem Reh auszuweichen."

An jedem anderen, normalen Tag hätte er mich wegen dieses Blödsinns zur Rede gestellt, aber wahrscheinlich wusste er nicht einmal, dass es Blödsinn *war*. Heute stellte er mir nicht einmal eine Frage, und eine Sekunde später schnarchte er wieder.

Gereiztheit ließ mich eine Weile durchhalten. Allerdings nur eine kleine Weile. Noch immer war kein Ort in Sicht, um Kaffee zu kaufen, doch ein Schild versprach etwas in einigen Meilen. Meine Lider ... Fuck.

Sie schlossen sich wieder.

Okay, eine Sekunde würde nicht –

Eine Hupe ertönte.

Meine Augenlider flogen auf. Ich riss den Wagen herum, um dem Pick-up-Truck auf der anderen Spur auszuweichen, und das Heck des Vans geriet auf eine Eisplatte. Wir scherten aus. Dann drehten wir uns.

Einige Sekunden lang war meine Sicht auf das Aufblitzen von Weiß, Grau und Schwarz reduziert.

Dann kam der Van ruckartig zu stehen.

Und alles war still.

KAPITEL 14

MARCUS

Das Gefühl von Schwerelosigkeit und ein Aufwallen von Panik ließen mich schlagartig wach werden, und ich hatte nur wenige Sekunden, um mir ein Bild von der Lage zu machen, ehe der Van gegen etwas Unnachgiebiges donnerte und ruckartig zum Stillstand kam.

Einige Herzschläge lang saßen Reuben und ich in betäubtem Schweigen da. Der Van befand sich in einem seltsamen Winkel, die Hälfte der Windschutzscheibe war von Schnee bedeckt, und abgesehen vom Motor im Leerlauf war es still. Ich konnte hören, wie draußen Autos vorbeifuhren. Es gab auch Stimmen und Schritte, also war vielleicht jemand stehen geblieben.

Die Hände noch immer ums Lenkrad geklammert, drehte sich Reuben langsam zu mir und fragte zittrig: „Bist du okay?"

„Ja." Mein Kopf pochte jetzt noch schlimmer, aber das musste Reuben nicht wissen. Als ich am Schulterriemen meines Gurtes zog, der so straff angezogen war, dass es wehtat, schluckte ich, um sicherzugehen, dass ich mich nicht übergab. Dann krächzte ich: „Du?"

„Ja." Er sah wieder nach vorne und starrte mit offenem Mund auf die schneebedeckte Windschutzscheibe. „Ja, ich glaube ... ich glaube, es geht mir gut."

„Bist du sicher?"

Er machte eine Pause, als ob er wirklich darüber nachdenken müsste, nickte dann aber. Mit einer zitternden Hand legte er den Ganghebel in die Park-Stellung, obwohl ich nicht das Gefühl hatte, dass der Wagen irgendwo hinfahren würde, schaltete den Motor ab und öffnete seine Tür. Sie kratzte über etwas. Vielleicht gefrorenen Boden. Asphalt. Schwer zu sagen.

Ganz wackelig vor Adrenalin stieg ich aus und trat vorsichtig auf den eisigen Boden. Ich hatte die Vorstellung gehabt, dass der Van völlig zerstört war, aber es stellte sich heraus, dass es gar nicht so schlimm wie befürchtet war. Der Lieferwagen steckte zum Teil im Straßengraben, die Nase in einer Schneewehe vergraben, die weißes Pulver auf die Windschutzscheibe geworfen hatte. Soweit ich sagen konnte, brauchten wir wahrscheinlich nur einen Abschleppwagen, um uns herauszuziehen, und mit etwas Glück waren Räder und Achsen noch immer intakt.

Aber was ist mit dem Zeug im Inneren?

Mein Magen verkrampfte sich, kein gutes Gefühl, da ich dank meines Katers nicht sicher war, ob ich mit der Kotzerei fertig war. Ich eilte zum Heck des Vans, öffnete die Türen und überprüfte das Innere. Zum Glück hatte sich nichts viel bewegt. Alles war so dicht an dicht hineingestopft worden, dass es nicht viel Platz gegeben hatte, damit etwas herumrutschte oder umfiel. Nichts schien fehl am Platze zu sein. Wenn wir zurück in Seattle waren, würde ich mir die Vorführgeräte ansehen und überprüfen, dass keines kaputt geworden war. Doch ich machte mir nicht allzu große Sorgen – das alles waren Geräte für die Industrie, ausgelegt für schwere Beanspruchung, und wir hatten sie wie Großmutters bestes Porzellan eingepackt.

Erleichtert schlug ich die Türen zu. Krise abgewendet. Nun ja, *eine* Krise abgewendet. Mit einem weiterhin verkrampften Magen ging ich wieder zur Vorderseite des Vans. Reuben betrachtete finster sein Handy.

„Hast du ein Signal?", fragte ich.

Er nickte, ohne aufzublicken. „Ich versuche gerade, einen Abschleppwagen zu finden, der hierherfährt."

Ich brummte zustimmend und sah auf den Freeway. Wir waren nicht weit von der Straße abgekommen, aber dennoch gute fünf Meter vom fließenden Verkehr entfernt. Sicher genug, entschied ich, obwohl ich ein Auge auf die Straße gerichtet hielt für den Fall, dass jemand anfing auszubrechen. So schnell, wie alle hier fuhren ...

Ich sah mich um. „Vielleicht sollten wir im Van warten. Nur für den Fall, dass jemand ins Rutschen kommt."

Reuben schob den Unterkiefer hin und her, als er den Blick auf die Interstate richtete. Nach einigen Sekunden nickte er. „Ja. Gute Idee."

Wir stiegen zurück ins Fahrerhaus. Der Van hing leicht schief, also befanden sich die Sitze in einem seltsamen Winkel, aber zumindest war es hier drin warm, und wir waren sicherer als draußen.

Ich verhielt mich still, während Reuben einige Anrufe tätigte. Es dauerte eine Weile – in Anbetracht der Verkehrsbedingungen keine Überraschung –, aber schließlich fand er jemanden, der vor dem jüngsten Gericht hier sein konnte.

„Wahrscheinlich in ein paar Stunden." Er warf das Handy aufs Armaturenbrett und rieb sich die Augen. „Wir werden eine Weile hier sein."

„So viel dazu, vor dem Sturm nach Hause zu kommen", murmelte ich.

Reuben sagte nichts.

Ich massierte meine pochenden Schläfen. „Was zum Teufel ist überhaupt passiert?"

Reubens Kiefer verkrampfte sich, und er wich meinem Blick aus.

„Reuben? Was –"

„Ich bin eingenickt, okay?", fauchte er. Er wandte sich mir zu, die Augen voller Zorn. „Ich schätze, ich hätte dich fahren lassen sollen."

Ich blinzelte.

„Wir mussten früh aufbrechen", fuhr er fort. „Du hast das gewusst. Aber trotzdem warst du aus und hast getrunken bis –"

„Ja, weil ich es nicht ertragen konnte, zurück aufs Zimmer zu gehen."

Er sagte nichts. Genauso wenig wie ich. Wir starrten einander mit aufgerissenen Augen an.

Schließlich schüttelte er den Kopf, murmelte etwas, das ich nicht verstand, und stieg wieder aus dem Lieferwagen. Als er die Tür hinter sich zuknallte, traf das Geräusch meinen Kopf wie ein Holzscheit. Ich zuckte zusammen und versuchte, mich nicht zu übergeben.

Draußen raste ein Sattelschlepper an uns vorbei. Der Fahrtwind des Trucks ließ den Van wackeln. Verdammt, so sehr ich auch ein paar Minuten weg von Reuben brauchte, war es da draußen nicht sicher. Nicht, solange die Straßen so rutschig waren.

Ich fluchte und stieg aus. „Reuben, komm schon. Steig wieder ein."

Reuben stand auf der Spur, die der Lieferwagen auf dem Weg in den Graben in den Schnee gegraben hatte. Er drehte sich um und warf mir einen finsteren Blick zu. „Ich denke, ich bleibe lieber hier draußen."

Ich brauchte meine gesamte Selbstbeherrschung, um die Augen nicht zu verdrehen, und hielt mein Gesicht ausdruckslos, als ich zu ihm ging, damit ich nicht mehr bis zum Schienbein im Schnee stand. „Hier draußen ist es gefährlich, und es ist kalt. Komm ..." Ich deutete auf den Van. „Steig einfach wieder ein."

„Nein, danke." Er richtete den nächsten bösen Blick auf mich. „Ich kann nicht glauben, dass du versuchst, mir die Schuld daran zu geben."

„Ich bin nicht gefahren."

„Nein, aber das wärst du, wenn du letzte Nacht nicht so lange getrunken hättest." Er verengte die Augen. „Oh warte, das ist auch meine Schuld."

Unsere Blicke verhakten sich. Winzige Schneeflocken schwebten zu Boden und gefroren vermutlich in der eisigen Luft zwischen uns.

Mit einem Seufzen unterbrach ich das Bockstarren. Ich beobachtete den spärlichen Verkehr, der an uns vorbeiraste, vordergründig um mitzubekommen, falls jemand die Kontrolle verlor. Eine Reihe an Sattelschleppern donnerten auf uns zu. Sie blieben in ihrer Spur, dennoch behielt ich sie im Auge. Der erste fuhr mit einem Rauschen von Dieselmotor und Reifen an uns vorbei, dicht gefolgt von vier weiteren Trucks, und der Lärm gab mir Gelegenheit, meine Gedanken zu sammeln.

Als der letzte Truck aus meinem Sichtfeld verschwand und nur einige Autos und Pick-ups blieben, um die Stille zu füllen, wandte ich mich Reuben zu. „Hör zu, es tut mir leid. Seit wir herumgemacht haben, war die Stimmung zwischen uns wirklich unangenehm, und ich ..." Ich atmete eine Wolke in die kalte Luft aus, die die Schneeflocken auseinanderstieben ließ. „Ich habe etwas Zeit für mich gebraucht und habe mich hinreißen lassen."

Er lachte verbittert. „So nennst du das also?"

Eine Sekunde lang sah ich ihn finster an, ehe ich meine Aufmerksamkeit wieder auf die Interstate richtete. „Ich hab's verbockt, okay?"

„Welchen Teil?", fragte er mit zusammengebissenen Zähnen. „Letzte Nacht? Oder die Nacht, die du mit mir verbracht hast?"

Ich schloss die Augen und seufzte. In Wahrheit war die Antwort beides. Ich wollte die eine Nacht wirklich, wirklich keinen Fehler nennen, aber ich hatte von dem Moment an, in dem sich am nächsten Morgen unsere Blicke trafen, gewusst, dass es ein Fehler gewesen war. Zwischen uns war zu viel ungelöst, um einfach miteinander ins Bett zu steigen, und jetzt war die Stimmung noch viel seltsamer als zuvor. Und ja, letzte Nacht war ebenfalls ein Fehler gewesen. Ich hätte es besser wissen müssen, als so lange zu feiern, wenn ich wusste, dass ich am nächsten Morgen aufbrechen musste, selbst wenn es keinen Blizzard gäbe, mit dem wir uns herumschlagen mussten.

Nachdem ich in letzter Zeit so ein Idiot gewesen war, schien es irgendwie die logische Folge zu sein, am Straßenrand mit einem möglicherweise kaputten Wagen liegen geblieben zu sein. Das war so nahe, wie wir einem buchstäblichen Wrack nur kommen konnten, also warum zum Teufel nicht?

Ich wandte mich wieder Reuben zu und hielt meine Stimme und meinen Gesichtsausdruck so neutral wie möglich. „Kümmern wir uns einfach darum, warm zu bleiben und nicht überfahren zu werden." Ich nickte zu den vorbeifahrenden Autos. „Sobald wir herausgefunden haben, was mit dem Van ist, und eine Chance haben, wieder auf die Straße zu kommen, können wir uns mit allem anderen befassen."

Seine Augen waren kälter als der harsche Wind, der an unseren Klamotten zerrte. „Im Moment haben wir nichts als Zeit. Warum warten?"

Ich schluckte. *Weil ich Angst habe, dass wir die Sache noch schlimmer machen, und weil es bereits höllisch wehtut?*

Doch bevor ich antworten konnte, stieß er das nächste verbitterte Lachen aus und ging zum Van. Dabei sagte er über seine Schulter: „Na schön. Wir warten, bis du deinen Kater überwunden hast."

Ich sah ihm nach, unfähig, etwas zu sagen. Mir war übel, mein Rachen schmeckte sauer, und ich konnte ehrlich nicht sagen, wie viel davon letzter Nacht geschuldet war und wie viel dem Gefühl, sich wie ein komplettes Arschloch vorzukommen.

Reuben hatte recht. Das war meine Schuld. Wir wussten beide, dass er frühmorgens nicht funktionierte, und er hatte sich auf mich verlassen, dass ich uns rechtzeitig aus Boise hinausfuhr, um dem Schneesturm zu entgehen. Und in der vorletzten Nacht hatte ich den ersten Schritt getan. Es spielte keine Rolle warum. Es spielte keine Rolle, dass ich daran gewöhnt war, alles und jeden durch eine Messe zu bringen, und überwältigt gewesen war, dass sich jemand tatsächlich darum sorgte, wie es mir ging. Es spielte keine Rolle, dass ich anscheinend unbewusst nach einem Grund gesucht hatte, um Reuben wieder nahe zu kommen. Es spielte keine Rolle, dass all diese Gefühle, die ich noch immer für ihn hatte, vergraben bleiben mussten. Ich hatte sie trotzdem herauskommen lassen und eine Büchse der Pandora geöffnet, von der ich nicht glaubte, dass ich sie je wieder schließen konnte.

Ich atmete durch die Nase aus und hielt den Mund

geschlossen, damit ich mich nicht wieder übergeben musste. Gott, das war alles eine so verfahrene Situation. Der Van war in einem besseren Zustand als Reuben und ich. Selbst wenn sich herausstellen sollte, dass die Achse im Eimer war und die Ölwanne ein Loch hatte.

Also wen zum Teufel soll ich anrufen, um dieses Wrack aus dem Graben zu bekommen?

KAPITEL 15

REUBEN

Es war eine lange, schweigsame Wartezeit auf den Abschleppwagen. Beinahe drei Stunden, und die ganze Zeit sagte keiner von uns ein Wort. Als die Akkus unserer Handys leer waren, blätterten wir durch Prospekte, die wir auf der Messe von anderen Firmen mitgenommen hatten.

Zum Glück tauchte endlich der Abschleppwagen auf.

Er brachte uns in eine Stadt, von der ich noch nie gehört hatte, und stellte den Van in einer Werkstatt mit drei Stellplätzen und ungefähr zwölf wartenden Autos ab. Scheiße. Sobald sich der Van in den Händen eines Mechanikers befand, holten wir unser Gepäck und gingen auf die andere Straßenseite zu einem einstöckigen Motel mit einem summenden *Frei*-Schild im Fenster.

„Nur ein Zimmer?", fragte die Frau an der Rezeption.

Ohne mich auch nur anzusehen, sagte Marcus: „Zwei, bitte."

Ich war nicht beleidigt. Eigentlich sogar erleichtert. Im Moment brauchten wir etwas Distanz.

Aber die Frau runzelte die Stirn und schüttelte den

Kopf. „Ich habe nur noch ein Zimmer übrig. Mit einem Doppelbett für zwei."

Marcus und ich sahen einander an. Mein eigenes Entsetzen spiegelte sich auf seinem Gesicht wider. Er räusperte sich und wandte sich wieder ihr zu. „Gibt es in dieser Stadt noch andere Hotels?"

Das nächste Kopfschütteln. „Tut mir leid. Wegen dieses Schneesturms bleiben ständig Leute liegen. Der einzige Grund, warum ich noch ein Zimmer habe, ist, weil jemand vor einer Viertelstunde ausgecheckt hat."

Hinter uns dröhnte ein Motor, und Reifen drehten auf dem Schnee durch. Ich sah nach hinten, wo ein Auto auf den Parkplatz des Motels fuhr.

„Falls Sie das Zimmer nicht wollen", sagte sie, „dann nehmen die es wahrscheinlich. Es ist Ihre Entscheidung."

„Wir nehmen es." Marcus schob ihr die Firmenkreditkarte hin. An mich gewandt fügte er hinzu: „Wir kriegen das schon hin."

Ich nickte schweigend.

Minuten später waren wir auf dem Zimmer, und mir war noch immer übel. Ich hatte gehofft, dass es eine Couch oder etwas in der Art gäbe. Doch ich hatte kein Glück. Es gab ein Queen-Size-Bett – sie benutzten den Begriff *Queen* großzügig – unter einer pastellrosa Überdecke, zwei Stühle an einem winzigen Couchtisch und eine Kommode mit einem alten Röhrenfernseher. Das war's.

Ohne uns anzusehen, richteten Marcus und ich uns häuslich ein. Wir steckten unsere Handys an, brachten unser Rasierzeug ins Badezimmer, fanden Platz für unsere Koffer, damit wir nicht über sie stolperten, und hängten unsere Jacken darüber.

Bald gab es nichts mehr zu tun, und der kalte, leere

Raum zwischen uns wurde von Sekunde zu Sekunde lauter.

Marcus durchbrach schließlich das Schweigen. „Hör mal, wir sollten reden."

Ich zuckte zusammen. *Ja, das sollten wir wahrscheinlich, aber du wirst anfangen müssen, denn ich habe nicht die geringste Ahnung, wie wir jetzt weitermachen sollen.* „Sollten wir."

Er setzte sich aufs Bett, während ich in der Tür zum Badezimmer stehen blieb, die Schulter an den Rahmen gedrückt und die Arme locker vor der Brust verschränkt. Ohne mich anzusehen nahm er einen tiefen Atemzug. „Letzte Nacht tut mir wirklich leid. Ich hätte aufs Zimmer kommen und mit dir reden sollen. Ich war einfach nur … überwältigt, schätze ich."

Ich wollte gerade antworten, aber er wählte genau diesen Moment, um den Blick zu heben, und als sich unsere Blicke trafen, fand ich keine Worte mehr. Ich hätte damit leben können, dass er wütend oder sogar zerknirscht war, aber dieser Schmerz in seinen Augen traf mich bis ins Mark.

„Hör zu", sagte er, und seine Stimme zitterte schlimmer als in der Nacht vor sechs Jahren, als ich mich von ihm getrennt hatte. „Ich kann nicht ändern, was letzte oder vorletzte Nacht passiert ist. Ich kann nicht ändern, was im Dezember passiert ist. Aber ich möchte nicht, dass die Sache zwischen uns so ist." Er schluckte. „Ich möchte noch immer, dass wir Freunde sind, und selbst wenn wir das nicht mehr sein können, müssen wir weiterhin zusammenarbeiten."

Ich zwang meine eigenen Emotionen zurück. „Ich weiß. Und ich … Das will ich auch. Aber wie schaffen wir das?"

Marcus presste die Lippen zusammen. Er wandte den Blick ab und schüttelte den Kopf. „Ich habe keine Ahnung."

Ich starrte ihn an. Fuck. Wenn er es nicht wusste, dann … Scheiße. Marcus war immer derjenige gewesen, der Gefühle analysieren und Dinge benennen konnte, die für mich nur nebulös und abstrakt waren. Ich hatte mich an ihn gewandt, als wir ein Paar waren und als wir nur noch Freunde waren. Hatte ihn alle Teile auf den Tisch legen und sorgfältig beschriften lassen, damit sie für mich einen Sinn ergaben. Vielleicht war es ihm gegenüber nicht fair gewesen – und mehr als einmal hatte er gesagt, dass es das nicht sei –, aber ich hatte nie gewusst, was ich sonst hätte tun sollen. Es war nicht so, dass ich wollte, dass er die ganze Arbeit erledigte. Ich *konnte* es schlicht und einfach nicht. Er konnte Gefühle lesen wie Wahrsager Handflächen und Teeblätter und Sterne und was auch immer, und darüber hinaus konnte er sich überlegen, was zu tun war, sobald die Dinge Namen hatten.

Falls er also nicht wusste, was wir jetzt tun sollten …

„Meinst du wirklich, dass wir Mist gebaut haben?", flüsterte ich. „Vorletzte Nacht?"

Marcus' Kiefer bewegte sich. Er holte Luft, als ob er gleich etwas sagen würde. Zögerte. Setzte wieder an. Zögerte erneut. Schließlich atmete er schwer aus und sah mich wieder an. „Nichts hat sich je so richtig angefühlt, wie mit dir im Bett zu sein."

Mein Herz blieb genauso plötzlich stehen, wie mein Atem aussetzte.

Aber er war noch nicht fertig. Mit einer Stimme, die noch immer zittrig und belegt war, sagte er: „In dem Moment, in dem es passiert, ist es immer richtig. Und vor Dezember hat es nie etwas versaut, weißt du? Doch jetzt plötzlich …" Seine Stimme brach. Er machte eine Pause, um sich zu räuspern, und es klang wie ein gewaltiger Kampf, als er den Satz fortsetzte: „Plötzlich habe ich einmal mit dir geschlafen und möglicherweise deine Ehe zerstört. Ein weiteres Mal mit dir geschlafen und unsere Freundschaft ruiniert." Als er meinen Blick erwiderte, hatte er Tränen in den Augen. „Ich möchte nicht, dass irgendetwas, das ich je mit dir getan habe, ein Fehler ist, aber ich weiß nicht, als was ich es sonst bezeichnen soll."

„Das will ich auch nicht." Das erdrückende Schweigen war schlimmer als das Gespräch, also redete ich weiter. „Was machen wir jetzt?"

Marcus ließ die Schultern hängen und schüttelte den Kopf. „Ich weiß es nicht." Er machte einen abgehackten Atemzug und ließ ihn langsam entweichen. „Vielleicht brauchen wir einfach etwas Zeit. Für ... ich weiß nicht. Damit sich die Lage beruhigt."

Im Moment war es mir unmöglich, den Kloß in meiner Kehle zu ignorieren. „Woher wissen wir, wann es lange genug ist? Oder dass sich die Lage beruhigt hat?"

Bitte, bitte hab eine Antwort, weil ich keine Ahnung habe, was wir gerade tun.

Aber wieder schüttelte er den Kopf und wiederholte in einem kaum wahrnehmbaren Flüstern: „Ich weiß es nicht. Ich ... weiß es verdammt noch mal nicht." Er machte eine Pause. Dann räusperte er sich, stand auf und als er nach seiner Jacke griff, sagte er: „Ich gehe hinüber zur Werkstatt und frage nach, ob sie schon wissen, wann der Van fertig sein wird."

Ich verkniff mir eine Bemerkung darüber, dass unser Zimmer über ein Telefon verfügte, dass wir Handys hatten und er nicht wirklich in die Kälte hinausmusste. Es war nicht meine Stärke, mir über meine eigenen Gefühle klar zu werden und sie in Worte zu fassen, aber ich *konnte* sehen, wenn Marcus alleine sein musste. Wenn er von mir wegkommen musste.

Keiner von uns sagte ein Wort, als er sein Handy und das Ladegerät nahm, und einen Moment später schloss sich die Tür hinter ihm. Ich ließ mich auf die Bettkante sinken, rieb mir über den Nacken und fragte mich, wann diese Muskeln so steif geworden waren. Ich glaubte nicht, dass es am Unfall lag. Ich hatte schon einmal ein Schleudertrauma gehabt. Dies fühlte sich eher wie die Art von Verspannung an, die ich nach einer langen Besprechung mit meinem Dad oder einem Streit mit meiner Ex-Frau bekam.

Ich brauchte einen Rat. Unbedingt. Vielleicht könnte ich dann dort weitermachen, wo Marcus nicht dazu in der Lage gewesen war, und wir konnten das wieder geradebiegen. Oder ... irgendwas tun.

Mein Handy war endlich genug aufgeladen, um wieder von Nutzen zu sein, auch wenn ich es weiter angesteckt hielt, nachdem ich es eingeschaltet hatte. Ich rief die Kontaktdaten meiner Ex-Frau auf. Ich zögerte und fragte mich, ob dies gegen irgendein Protokoll verstieß, von dem ich nichts wusste. Ah, scheiß drauf. Mit wem sollte ich sonst darüber reden?

Also wählte ich ihre Nummer.

„Oh, hey", sagte Michelle. „Was gibt's?"

Ich schluckte. „Nun ja, ich bin mitten in Eastern Washington gestrandet und muss hier übernachten."

„Was? Geht es dir gut? Soll ich dich abholen oder –"

„Nein, nein." Ich kniff mir in den Nasenrücken und seufzte. „Ich muss einfach nur reden."

„Oh." Stille. „Worüber?"

„Für uns. Und was passiert ist."

Schweigen. „In Ordnung."

Ich schluckte schwer. „Es gibt etwas, das ich wissen

muss. Und ich bin ... Ich weiß nicht einmal, wie ich fragen soll."

„Okay." Ihre Stimme war weich und geduldig, wie immer, wenn wir nicht gerade am Streiten waren. „Nun, sag mir, worum es geht, und dann sehen wir weiter."

Ich lächelte beinahe. Wenn es um solche Dinge ging, kannte sie mich genauso gut wie Marcus. Doch das Lächeln kam nicht. Ich kaute auf meiner Lippe und starrte gedankenverloren die Wand an, während ich mich bemühte, die richtigen Worte zu finden. Schließlich schloss ich die Augen und holte tief Luft. „Glaubst du, dass wir unsere Ehe hätten retten können, wenn wir diesen Dreier mit Marcus nicht gehabt hätten?" Ich zuckte zusammen. Es war eine Erleichterung, die Worte herauszubringen, aber ich kam mir auch wie ein Idiot vor. Ich war nicht einmal sicher, warum.

Michelle antwortete nicht sofort. Sie schwieg, auch wenn ich sie atmen hören konnte, also wusste ich, dass die Leitung nicht unterbrochen war. Ich drängte sie nicht; allein die Frage herauszubringen, hatte alles gekostet, was ich hatte, und ich hätte nicht einmal nachhaken können, selbst falls mein Leben davon abhinge. Außerdem hatte sie mit solchen Dingen beinahe genauso sehr zu kämpfen wie ich, also nahm ich es ihr nicht übel, falls sie einen Moment brauchte, um alles zu verarbeiten.

Schließlich sagte sie: „Nein. Ich glaube nicht, dass wir es geschafft hätten. Um dir die Wahrheit zu sagen, habe ich schon vor der Weihnachtsfeier gewusst, dass wir es nicht schaffen würden. Doch ich war noch nicht bereit, mich dieser Tatsache zu stellen, aber ... ich habe es gewusst."

Ich schluckte. „Ach ja?"

„Hast du es nicht gewusst?"

Ich kaute auf meiner Lippe und sah mir selbst dabei zu,

wie ich mit dem Rand der pastellfarbenen Decke spielte.
„Ich schätze schon. Hab mir das aber nie eingestanden. Ich
frage mich einfach nur ständig, ob die Sache anders
gelaufen wäre, wenn wir in jener Nacht nicht mit Marcus
ins Bett gegangen wären."

„Das glaube ich nicht." Sie redete so leise, dass ich sie
kaum hören konnte. „Falls überhaupt, dann hätten wir noch
ein wenig länger an unserer Ehe festgehalten. Was, glaube
ich, keine gute Sache gewesen wäre."

„Nein, wahrscheinlich nicht. Ich schätze, ich habe mich
seit jener Nacht einfach so schuldig gefühlt. Wir hatten
schon genug Probleme und hätten definitiv nicht mit
jemand anderem herummachen sollen. Besonders nicht mit
meinem Ex."

„Vielleicht nicht." Sie klang resigniert, aber nicht verbittert oder wütend. „Wir hätten auch nicht so tun sollen, als
ob wir das wieder hinkriegen würden, wenn wir verdammt
genau wussten, dass dem nicht so war. Dieser Dreier war ja
nicht der einzige Fehler, den wir gemacht haben, oder auch
nur der größte."

Etwas an ihrem Eingeständnis, dass der Dreier ein
Fehler gewesen war, traf mich mitten in die Brust. Ich
hasste es, dass der Sex mit den zwei wunderbarsten Liebha-
bern, die ich je gehabt hatte, ein Fehler war. Ich wusste es,
und ich akzeptierte es, aber ich hasste es, und zu wissen,
dass alle drei von uns dadurch verletzt worden waren, war
schrecklich.

„Und ich schätze …" Michelle war einen Moment lang
still, dann seufzte sie. „Ein Teil von mir hat immer darüber
fantasiert, euch beide zusammen zu sehen."

Meine Zähne knallten aufeinander. „Was?"

Sie lachte schüchtern. „Komm schon. Du bist heiß. Er
ist heiß. Zu wissen, dass ihr zwei zusammen wart und noch

immer aufeinander steht ..." Ich hätte schwören können, dass ich sah, wie sie am anderen Ende der Leitung mit den Schultern zuckte, als sie leise hinzufügte: „Das war irgendwie eine heiße Fantasie, weißt du?"

Ich hatte keine Ahnung, wie ich darauf reagieren sollte. Es war nie ein Geheimnis zwischen uns gewesen, dass ich mich noch immer zu Marcus hingezogen fühlte, genauso wenig wie es ein Geheimnis war, dass auch sie sich noch immer zu ihrer Ex-Freundin hingezogen fühlte. Wir waren immer offen damit umgegangen. In unserer Beziehung hatten wir viele Dinge falsch gemacht, aber nicht diesen Teil.

„Als die Begegnung auf der Weihnachtsfeier zu einem Flirt wurde", fuhr sie fort, „dachte ich mir, nun, warum nicht? Ich würde dich nicht viel länger haben, und vielleicht ..." Sie seufzte schwer. „In jener Nacht klang das gut in meinem Kopf. Und es hat Spaß gemacht, bis zu dem Moment, als ich bemerkt habe, wie ihr zwei euch angesehen habt."

Ich setzte mich auf. „Was meinst du damit?"

„Was? Ist dir das nicht aufgefallen?"

„Ähm ..."

„Himmel, Reuben. Wie kannst du nicht mitkriegen, wenn dich ein Mann so ansieht?"

Mir hüpfte das Herz in die Kehle. „Wie ... wie ansieht?"

Michelle atmete aus. „Als ob es nichts auf der Welt gäbe, dass er nicht für dich tun würde, inklusive dich gehen lassen. Selbst wenn es ihn umbringt."

Plötzlich brannten Tränen in meinen Augen. Ich bekam keine Luft mehr. Mir steckte bereits das Herz in der Kehle, und jetzt gab es dazu noch einen intensiven Schmerz, den ich nicht wirklich verdrängen konnte.

„Und das Schlimmste war", fuhr sie fort, als ob ich nicht

kurz davor wäre zusammenzubrechen, „zu erkennen, dass du ihn auf die gleiche Art angesehen hast." Ihre Stimme klang brüchig, als sie hinzufügte: „Ich glaube nicht, dass auch nur einer von euch mitbekommen hat, dass ich dabei war."

Sie hätte genauso gut in diesem Motelzimmer sein und mich in den Magen boxen können. Mit geschlossenen Augen flüsterte ich: „Es tut mir so leid, Michelle."

„Ich weiß. Hör zu, Reuben, der Dreier hat unsere Ehe nicht beendet. Er hat mich nur erkennen lassen, dass ich mich selbst quäle, indem ich so tue, als ob es nicht schon längst vorbei wäre."

Ich rieb meine brennenden Augen. Wer hätte gedacht, dass eine einfache Aussage so viel Erleichterung und zugleich Schuldbewusstsein hervorrufen könnte? „Gott, es tut mir leid, Michelle. Alles."

„Ich weiß. Und ich gebe dir nicht die Schuld. Nur damit du es weißt."

Ich befeuchtete meine Lippen. „Was meinst du damit?"

„Ich meine damit, dass wir beide schon vor langer Zeit aufgehört haben, es zu versuchen. Selbst wenn wir es nicht laut ausgesprochen haben, sehen wir der Tatsache ins Auge – wir haben unsere Ehe aufgegeben, lange bevor wir mit Marcus ins Bett gegangen sind. Ich ..." Sie machte eine Pause, um tief Luft zu holen. „Ich werde nicht lügen. Während des letzten Jahres habe ich Kollegen abgecheckt und an andere Leute gedacht."

Vor einigen Monaten hätte mich diese Enthüllung verstimmt und verletzt, auch wenn ich in Wahrheit das Gleiche getan hatte. Aber heute Abend war es seltsam beruhigend. Als wenn wir uns beide einig gewesen wären, dass wir nicht auf der gleichen Wellenlänge waren und dass es unvermeidlich und das Beste war, selbst wenn wir mit dem Ende unserer Ehe besser hätten umgehen können.

„Es tut mir so leid, Michelle", sagte ich erneut.

„Mir auch."

„Und danke. Das hat wirklich geholfen."

„Jederzeit. Ich weiß, dass es mit uns vorbei ist, aber ich hoffe wirklich, dass wir noch immer Freunde sein können."

Ich schaffte es, darüber zu lächeln. „Das hoffe ich auch."

Einen Moment später beendeten wir den Anruf, und ich starrte eine lange Zeit das stille Handy an.

Ich hätte Michelle nie mit Marcus oder jemand anderem betrogen, aber sie hatte recht, dass wir beide angefangen hatten, nach einem Ausweg aus unserer Ehe zu suchen. Ich arbeitete nur zufällig mit einem Mann, für den ich nach all dieser Zeit noch immer Gefühle hatte, und sobald ich aufgehört hatte, meine ganze Energie in den Versuch zu stecken, meine Ehe zu retten, waren diese Gefühle wieder aufgetaucht.

Ein Dreier sollte – und hätte – viel Spaß machen können. Falls Michelle und ich keine Probleme gehabt hätten. Falls Marcus und ich nicht Ex-Freunde gewesen wären.

Und, wie ich mit einem flauen Gefühl dachte, falls ich nicht noch immer in Marcus verliebt gewesen wäre.

Vielleicht war die Sache mit ihm im Moment deshalb so schwer.

Denn ganz egal, wie sehr ich ihn manchmal auch hassen wollte, war ich *noch immer* in ihn verliebt.

KAPITEL 16

MARCUS

Die Hände in den Taschen vergraben und das Gesicht an den hochgezogenen Reißverschluss meiner Jacke gedrückt, zitterte ich in der Kälte, nachdem ich die Werkstatt verlassen hatte. Ich hatte dort über eine Stunde lang auf den Mechaniker gewartet, damit er mir sagen konnte, wann der Van fertig sein würde. Schließlich hatte er mir versichert, dass das Ersatzteil, das er benötigte, bereits von einer anderen Stadt auf dem Weg sei und wir morgen früh weiterfahren konnten.

Also verließ ich die Werkstatt, aber ich ging nicht zurück aufs Zimmer. Irgendwann würde ich das müssen, denn das war eine dieser Kleinstädte, die nachts den Bürgersteig hochklappte, selbst wenn das Wetter nicht beschissen war, also hatte ich die Wahl, entweder im Freien zu bleiben oder ins Motel zu gehen.

Es würde noch einige Stunden hell sein, und ich hatte keine Eile, sie mit einem Mann zu verbringen, der schon damit zu kämpfen hatte, mich überhaupt anzusehen. Nicht, bis ich wusste, was ich sagen konnte, um die Sache besser zu machen.

Neben dem Motel gab es ein Lokal, also ging ich dorthin, um etwas Zeit totzuschlagen. Ich hatte Glück, denn an meinem Tisch gab es eine Steckdose. Gott sei Dank, da mein Handy so tot war, dass ich es nicht einmal einschalten konnte. Ich steckte es an und überflog dann die Speisekarte. Typisches Essen für ein Diner. Nichts klang gut, aber ich bestellte einen Apfelkuchen und eine Tasse Kaffee, um zu rechtfertigen, dass ich einen Tisch in Beschlag nahm.

Als das Essen kam, stocherte ich darin herum. Das Bisschen, das ich gegessen hatte, schmeckte wirklich gut, aber ich fühlte mich beschissen. Reste des Katers, ja, aber auch ... Reuben. Gerade als ich gedacht hatte, dass die Spannung zwischen uns nicht mehr zunehmen konnte, hatte sie es getan, und jetzt steckten wir für eine weitere Nacht zusammen in einem Zimmer fest. Ganz zu schweigen von der morgigen Fahrt. Ich bezweifelte, dass sie angenehm sein würde. Aber mir ein Bett mit ihm zu teilen? Ich zuckte zusammen. Bei einem Blick auf mein Handy fragte ich mich, ob ich in dieser Gegend jemanden auf Grindr finden würde. Ich konnte genug Energie für Sex aufbringen, wenn es bedeutete, in einem anderen Bett zu liegen als in dem, wo Reuben schlafen würde, richtig?

Tja, vermutlich nicht. Allein der Spaziergang zurück zum Hotel würde mich das bisschen Energie kosten, das ich noch übrig hatte.

Als ich an einem weiteren Stück meines Apfelkuchens knabberte, konnte ich nicht verhindern, dass meine Gedanken zu der Zeit zurückschweiften, als die Sache mit Reuben einfach gewesen war. Damals, als wir beide die Aufregung einer heimlichen Büroaffäre genossen, herumschlichen und uns Küsse stahlen im Lagerraum, auf der Männertoilette oder wo auch immer wir einige Sekunden Privatsphäre haben konnten.

Einmal war Reuben in mein Büro gekommen, wie er es gelegentlich tat, und hatte die Tür hinter sich geschlossen. „Hast du viel zu tun?"

Ich blickte von meinem Monitor auf. Bei seinem Anblick und diesem hinterhältigen Grinsen flatterte meine Brust. „Ich habe immer zu tun, aber für dich bin ich nie zu beschäftigt."

„Gut." Er ging um den Schreibtisch zu mir herum. „Alle glauben, dass ich in der Fabrik bin und an einem Prototyp arbeite." Er drehte meinen Sessel zu sich und legte die Hände auf die Armstützen. „Niemand wird mich für ein paar Minuten vermissen."

Ich hakte die Finger in seine Gürtelschlaufen und zog ihn näher. „Du nimmst an, dass ein paar Minuten genug Zeit sind?"

„Genug Zeit, um dich anzumachen und für heute Abend ganz scharf zu machen, ja."

„Mm, du bist ein Mistkerl." Ich hob das Kinn, und er küsste mich. „Schade, dass ich dich nicht das ganze Wochenende habe."

„Nicht?"

„Messe in Atlanta. Weißt du nicht mehr?"

Sein Lächeln verschwand. „Oh ja. Verdammt."

„Und an meinem letzten Abend in der Stadt können wir nicht einmal lange aufbleiben." Ich rümpfte die Nase. „Ich muss um vier morgens zum Flughafen."

„Um vier? Argh. Das ist sogar für dich früh."

„Ich weiß, nicht wahr?"

„Nun gut." Er küsste mich zärtlich. „Dann werden wir einfach früh zu Bett gehen, und ich werde dafür sorgen, dass du wie ein Toter schläfst."

Ich erschauerte, und mein Sessel quietschte, als ob er dafür sorgen wollte, dass Reuben es bemerkte. Als ich mit den Händen seine Arme hinaufstrich, sagte ich: „Das machst du immer."

„Verdammt richtig. Und wenn du wieder nach Hause kommst ..." Er knabberte an meiner Unterlippe. „... werde ich mit einer Flasche Wein warten."

„Und einer Tube Gleitgel?"

Reuben grinste. „Einer Großpackung."

Nach einigen weiteren Küssen und etwas mehr Geflirte verließ er mein Büro, damit niemand Verdacht schöpfte. Natürlich blieb ich mit einem Ständer und einem breiten Grinsen auf dem Gesicht zurück, aber ich beschwerte mich nicht. Seine Besuche waren genau das, was ich brauchte, um mich durch den Rest des Tages zu bringen. Nichts ließ Stress auf der Arbeit weniger relevant erscheinen, als zu wissen, dass Reuben am Abend was Versautes machen wollte.

Ich seufzte in der Stille meines Büros. Oh, das würde eine gute Nacht werden.

In der Gegenwart rieb ich mir über die Augen. Meine Gefühle für ihn gingen so viel tiefer, als mir klar gewesen war, und aus irgendeinem verdammten Grund waren die letzten paar Wochen – und besonders die letzten paar Tage –, in denen wir uns emotional fertig gemacht hatten, nötig, damit ich erkannte, wie sehr ich ihn wollte und wie weit außerhalb meiner Reichweite er wirklich war. Ich liebte Reuben so sehr, dass es wehtat, und hatte das Gefühl, dass es auch bis zu einem gewissen Grad wehtun würde, selbst wenn wir im Dezember nicht Mist gebaut hätten. Falls die Dinge zwischen uns im Moment gutständen und wir einen weiteren Versuch als Paar wagten, konnte ich mir absolut vorstellen, ihn anzusehen und dieses schmerzhafte Ziehen in meiner Brust zu spüren, weil ich ihn *so sehr* liebte.

Den gleichen Schmerz zu spüren, während wir es nicht

ertragen konnten, uns im gleichen Raum aufzuhalten, war verdammte Folter.

Nach ein paar Stunden und einigen Gerichten von der Speisekarte, die ich aß, obwohl ich keinen Hunger hatte, konnte ich es nicht länger rechtfertigen, im Diner zu sitzen. Ich gab der Kellnerin ein großzügiges Trinkgeld, weil sie mich so lange geduldet hatte, und ging dann in die bittere Kälte hinaus. In der Zeit, die ich damit verbracht hatte, mich im Lokal selbst zu bemitleiden, hatte es aufgehört zu schneien, aber die Temperatur war nicht gefallen.

Ich eilte zum Motel und auf unser Zimmer, doch trotz der Kälte stand ich einen Moment lang vor der Tür, versuchte mich zu wappnen und zu sammeln und zu überreden, hineinzugehen. Es war ja nicht so, als ob ich für immer hier draußen bleiben könnte, und wenigstens verfügte das Zimmer über eine Heizung.

Ich holte tief Luft, sperrte die Tür auf, trat ein und blieb stehen, um den Schnee von meinen Schuhen zu klopfen.

Reuben saß mit seinem Laptop im Schneidersitz auf dem Bett. Seine Miene war ausdruckslos. „Was Neues vom Van?“

Ich nickte, während ich die Tür verriegelte. „Ja. Er wird morgen fertig sein.“

„Oh, Gott sei Dank. Wie hat er das geschafft? Ich habe gedacht, er braucht Ersatzteile.“

Ich verlagerte das Gewicht. „Tut er auch, aber sie sind bereits unterwegs. Die Teile, die er nicht beschaffen konnte, waren für die Reparatur von kosmetischem Schaden und der Stoßstange. Bis morgen wird er alles haben, was er braucht, um den Van wieder fahrtüchtig zu machen. Er wird nur nicht hübsch aussehen, bis wir ihn in eine Spenglerei bringen."

„Solange er uns nach Hause bringt." Reuben tippte mit den Fingernägeln auf die Kante seines Laptops. „Hat er gesagt, um welche Zeit der Wagen fertig sein wird?"

„Wahrscheinlich am frühen Nachmittag."

Das leichte Absinken von Reubens Schultern war schwer zu übersehen. Andererseits hatte er wahrscheinlich auch die Resignation in meiner Stimme aufgeschnappt.

Wir stecken noch eine Zeit lang zusammen fest.

Reuben seufzte, als er den Laptop zuklappte. „Es war ein langer Tag. Lass uns einfach schlafen gehen, und morgen kümmern wir uns darum, nach Hause zu kommen."

„Gute Idee." Ich ließ den Blick durch den Raum schweifen. „Also, wie gehen wir das an? Wir haben nur ein Bett."

Seine Lippen zuckten. Er starrte die pastellfarbene Decke an, als ob sie eine Lösung bieten könnte, aber die Bettwäsche hatte auch keine Ideen.

„Im Schrank gibt es eine zusätzliche Decke", sagte ich. „Wer immer im Bett schläft, kann sie nehmen, und wer immer auf dem Boden liegt, kann die Überdecke haben. Das Zimmer ist warm genug, damit –"

„Das ist dämlich." Seine Schultern fielen nach unten, und er schüttelte den Kopf. „Dein Rücken wird dir eine Nacht auf dem Boden nie verzeihen."

„Und dein Nacken wird es dich nie vergessen lassen, falls du es machst. Besonders nach diesem Morgen."

„Stimmt."

Ich zog die Augenbrauen hoch. „Also ...?"

Reuben seufzte. „Hör mal, wir sitzen heute Nacht hier fest. Es gibt nur ein Bett." Er schob das Kinn vor und erwiderte meinen Blick. „Entweder teilen wir uns das Bett, oder einer von uns schläft auf dem Boden. Wer immer den Kürzeren zieht, wird sich morgen miserabel fühlen." Mit einer schwerfälligen, resignierten Geste deutete er in Richtung Bett. „Lass es uns einfach teilen."

Kling nicht so begeistert darüber, mit mir ins Bett zu steigen.

Okay, dieser Gedanke war nicht fair. Wir sprangen nicht miteinander ins Bett, um Sex zu haben. Wir versuchten einfach nur, das Beste aus einer Situation zu machen, die keinem von uns gefiel, und nein, wahrscheinlich war er genauso wenig davon begeistert, sich ein Bett zu teilen, wie ich.

Aber auf der gleichen Matratze wie er zu schlafen, klang besser, als sich mit dem Boden zufriedengeben zu müssen.

Also machten wir uns für die Nacht bereit, ohne ein Wort zu sagen oder einander anzusehen. Das war schon für die ganze Woche unsere Vorgehensweise gewesen, aber jetzt gab es eine Spur Unbehagen, das es vorher noch nicht gegeben hatte. Wir waren nicht feindselig, aber wir waren auch weit entfernt davon, uns gut zu verstehen.

Ausgezogen bis auf die Boxershorts legten wir uns ins Bett. Für die meisten Paare war es wahrscheinlich ein großes Bett, aber für zwei Männer, die einander absolut nicht berühren wollten, war es *winzig*.

Fühlen sich Heteros so, wenn sie sich ein Bett teilen müssen?

In jeder anderen Nacht hätte mich dieser Gedanke vermutlich zum Lachen gebracht.

Heute Abend? Nicht so sehr.

Ich schloss die Augen und versuchte, nicht vor hörbarer Frustration zu seufzen. Ich hatte gewusst, dass dies eine lange Reise werden würde, aber heute würde es eine *lange* Nacht werden.

—————

Selbst mit einer Pistole am Kopf hätte ich nicht sagen können, ob Reuben eingeschlafen war. Sein Atem kam im Bett immer langsam und gleichmäßig, egal ob er putzmunter war oder tief und fest schlief.

Ich hoffte, dass er schlief. Niemandem wäre geholfen, wenn morgen keiner von uns funktionieren konnte. Ich? Schlaf? Nein. Ich rollte mich auf die andere Seite. Dann wieder herum. Vermutlich war das Bett wahnsinnig bequem, aber ich war zu angespannt, um es zu genießen. Die Sache zwischen Reuben und mir war zu verkorkst. Seit Dezember schlief ich ohnehin schlecht, und nach dieser Woche würde das nur noch schlimmer werden. Ich sah keinen Weg darum herum. Nicht jetzt, da meine eigenen Gefühle an die Oberfläche gekommen waren und mich davon abhielten zu leugnen, wie sehr ich ihn nach all dieser Zeit noch immer liebte.

Schuldbewusstsein zerriss mich wegen dem, was wir seiner Ehe angetan hatten und wie sehr wir unsere Freundschaft zerstört hatten. Ich wusste nicht, wie ich die Sache zwischen uns in Ordnung bringen konnte, und ich wusste nicht, wie ich so neben ihm arbeiten sollte.

Meine Brust zog sich zusammen.

Die Arbeit.

Oh Gott.

Ich liebte meinen Job und war glücklich bei Welding & Control Equipment, aber vielleicht war es Zeit weiterzuziehen. Es gab andere Firmen in dieser Branche, die schon seit Jahren versuchten, mich abzuwerben. Ich hatte mir einen guten Namen gemacht, also würde es nicht schwer sein, einen Job zu finden, selbst in der momentanen Wirtschaftslage. Ich mochte Seattle verlassen müssen, und ich mochte einige Brücken innerhalb der Branche hinter mir abbrechen – Bob Kelly sah es nicht gern, dass seine Leute zur Konkurrenz wechselten –, aber letzten Endes mochte es das wert sein.

Für ungefähr zwei Sekunden gab ich mich der Vorstellung hin, zu Bob ehrlich zu sein und ihm zu erklären, dass ich die Firma verlassen musste, weil ich Gefühle für seinen Sohn hatte, die meine Fähigkeit, meine Arbeit zu erledigen, beeinträchtigen.

Aber nein. Alle wussten, dass ich queer war, aber Reuben war nicht geoutet, und auf keinen Fall würde ich ihn outen. Die Tatsache, dass er noch nicht geoutet war, war zum Teil der Grund für unsere Trennung vor sechs Jahren gewesen. Anfangs war die Heimlichtuerei aufregend gewesen, aber bald war sie für uns beide zu einer Quelle von Stress geworden. Und Reuben war nicht in der Lage gewesen, mit seiner Angst umzugehen, sich vor seinem Vater zu outen und möglicherweise unsere Jobs zu gefährden. Oder genauer gesagt, *meinen* Job zu gefährden, da er überzeugt gewesen war, dass Bob eher mich feuern würde als seinen eigenen Sohn.

Jetzt wussten wir beide, dass unser Boss noch viel unbarmherziger war und entweder uns beide feuern würde oder wen immer die Firma leichter entbehren konnte. Und wenn ich ehrlich war, wusste ich nicht, wer von uns in dieser Situation den Kürzeren ziehen würde – Reuben war ein essenzielles Mitglied der Ingenieursmannschaft, und ich scheute mich nicht zu behaupten, dass ich für die Marketingabteilung genauso wichtig war.

Jetzt spielte es keine Rolle mehr. Wir waren nicht mehr zusammen. Wir konnten nicht mehr zusammen *sein*.

Was die Arbeit anging, tja, ich würde mich damit befassen, wenn es so weit war. Im Moment ... Schlaf. Ich musste verdammt noch mal *schlafen*, selbst wenn das neben Reuben, der so nahe bei mir lag und gleichzeitig so weit entfernt war, unmöglich schien.

Ich schloss die Augen und atmete in der Stille des Raums aus. Morgen würden wir nach Seattle zurückkehren. Übermorgen würden wir zurück auf der Arbeit sein.

Und wenn ich nach Hause kam, würde ich anfangen, meinen Lebenslauf zu polieren.

KAPITEL 17

REUBEN

Überraschung, Überraschung – ich konnte ums Verrecken nicht schlafen. Eine Zeit lang war ich eingenickt, aber jetzt war es beinahe drei Uhr morgens, und ich war seit Stunden wach.

Es half nicht, dass Marcus sich weiterhin bewegte. Das war keine dieser tollen Matratzen aus der Werbung, wo eine Frau auf einer Seite herumhüpfte und das Weinglas auf der anderen Seite nichts verschüttete. Ich registrierte jede seiner Bewegungen, als ob ich ein Seismograph wäre, der darauf kalibriert war, jedes Zucken und Zittern wahrzunehmen.

Ich wollte wegen ihm frustriert sein, aber ich konnte es nicht. Wir steckten zusammen in dieser Situation, und vermutlich war er deswegen genauso gestresst wie ich. Er hatte es geschafft, einzuschlafen und nicht wieder aufzuwachen, also hatte er mir das voraus, aber ich bezweifelte, dass er so entspannt war. Obwohl Marcus immer ein ruheloser Schläfer gewesen war, vibrierte er jetzt nahezu. Drehte sich nicht einfach um, warf sich nicht hin und her, sondern pulsierte vor Anspannung.

Schuldbewusstsein brannte in meiner Brust. Er wäre nicht angespannt oder gestresst, wenn ich nicht mit ihm in diesem Bett läge. Vielleicht hätte ich doch den Boden nehmen sollen. Oder ... was auch immer.

Wie vielleicht, keinen Sex mit ihm zu haben, die Sache mit ihm nicht seltsam werden zu lassen und nicht so viel Schlaf zu verlieren, dass du den Van in den Straßengraben gefahren hast und jetzt mit ihm feststeckst?

Dieser Gedanke ließ mich zusammenzucken. Hatte es nicht eine Zeit gegeben, wo Sex für uns einfach gewesen war? Okay, der Sex war definitiv einfach gewesen. Die Auswirkungen waren das Problem.

Eine Million Meilen weit weg auf der anderen Seite des Bettes seufzte Marcus schwer im Schlaf und drehte sich um. Sein Fuß bewegte sich weiter, rieb mit einem leisen Flüstern am Laken, und die Bewegung übertrug sich auf alle vier Ecken der dämlichen Matratze. Er murmelte etwas in sein Kissen. Drehte sich wieder um. Seufzte. Er klang noch immer so, als ob er schliefe, aber ich bezweifelte, dass er Erholung fand.

Eine Erinnerung stieg hoch, auch wenn ich es nicht wollte. Eine aus der Zeit, als wir uns ein Paar gewesen waren und mehr Nächte zusammen als getrennt verbracht hatten. Bei ihm, bei mir, Sex, kein Sex – in der Mehrheit dieser Nächte schliefen wir Seite an Seite. Und wenn er gestresst war – Ärger auf der Arbeit, ein weiterer Streit mit seiner Mutter –, bewegte er sich ständig ... bis ich mich an ihn schmiegte.

Meine Kehle schmerzte. Was hätte ich nicht gegeben, um genau das jetzt für ihn zu tun. Mich einfach an ihn zu drücken, meine Arme um ihn zu legen und ihn schweigend so weit zu beruhigen, dass er etwas Schlaf bekam.

Also ... was hält dich davon ab?

Dieser Gedanke ließ mich zusammenfahren. Was hielt mich davon ab? Oh, ich wusste es nicht. Vielleicht die Tatsache, dass ich der Grund war, warum er so ruhelos war?

Ich drehte den Kopf und betrachtete ihn in der Dunkelheit, während er wieder herumzappelte.

Gab es irgendeinen Grund, warum ich nicht Ursache und zugleich Heilmittel sein konnte? Es könnte unsere Beziehung verschlimmern, aber die war bereits beschissen. Falls es eine Chance gab, dass ich sie verbessern konnte, selbst wenn es nur für diese eine Nacht war …

Mittlerweile hatte ich nicht mehr wirklich viel zu verlieren, oder?

Ich drehte mich vorsichtig um und überbrückte etwas von der Entfernung zwischen uns. Hielt inne. Wartete. Mein Herz hämmerte, aber ich rief mir ins Gedächtnis, wie unwahrscheinlich es war, dass er es tatsächlich hörte oder – sobald wir uns berührten – spürte. Nach allem, was er wusste, hatte ich mich im Schlaf bewegt. Unbewusst. Zufällig.

Ich hoffte inständig, dass ich keinen Streit vom Zaun brach oder frische Verlegenheit entfachte, und rückte näher. Dann noch ein Stück näher.

Schließlich berührten wir uns, als meine Schulter sanft an seinem Rücken landete und sich meine Hüfte an seinen Hintern schob. Er wich nicht zurück. Er spannte sich nicht an. Tatsächlich schien er sogar etwas ruhiger zu werden.

Ich überlegte, ob ich einfach so liegen bleiben sollte, statt mein Glück herauszufordern, aber jetzt, wo ich seine Körperwärme spüren konnte, war es unmöglich, der Versuchung zu widerstehen, ihm noch näher zu rücken.

Vorsichtig rutschte ich zu ihm. Als er sich nicht rührte, drehte ich mich auf die Seite, schmiegte mich an ihn und legte einen Arm über ihn.

Marcus gab ein leises Geräusch von sich. Ein wortloses Murmeln. Dann bewegte sich seine Hand, fummelte kurz unter der Decke herum und fand meine. Für den Bruchteil einer Sekunde hatte ich die Vision, dass er meinen Arm – und mich – von sich schieben würde.

Aber dann schloss er die Finger um meine Hand, zog sie an seine Brust und schob dabei meinen Arm unter seinen Ellenbogen. Sein Atem kam wieder langsamer, und binnen kürzester Zeit schlief er tief und fest.

Ich schloss die Augen, atmete tief durch die Nase ein und genoss den vertrauten Geruch. Obwohl ich an ihn gedrückt war, machte ich mir keine Sorgen, dass ein Ständer zum falschen Zeitpunkt die Sache peinlich machen könnte; ich war noch immer viel zu angespannt und erschöpft, um scharf zu werden. Doch ich war noch nicht so weit, diese Welle der Erleichterung über mich schwappen zu lassen, sondern hielt ihn einfach fest und genoss seine vertraute Gestalt an meiner. Das war eine der Sachen, die ich nach unserer Trennung am meisten vermisst hatte – mit der Wärme unserer aneinandergeschmiegten Körper einzuschlafen.

Ich wünschte, dass es bei Tageslicht auch so einfach wäre. Sobald die Sonne aufging, würde alles zwischen uns wieder ein Minenfeld sein, aber in der Dunkelheit waren die ganzen Minen nicht nur einfach verborgen. Sie waren verschwunden. So war es einfach, alles zu sagen, weil ich nichts sagen musste. Alles, was ich tun musste, war, ihn auf die Art zu berühren und zu halten, wie ich es vor Jahren getan hatte, und wir würden beide entspannt genug sein, um zu schlafen. Warum gab es keine Möglichkeit, das zu tun, wenn das Licht eingeschaltet war?

Bitte schieb mich nicht weg, Marcus.

Bitte hass mich nicht, weil ich das getan habe.

Ich schloss die Augen und zwang meine Emotionen, sich zu beruhigen, damit ich nicht an seiner Schulter weinte. Damit wäre nichts geholfen. Er würde aufwachen. Er würde reden wollen. Und in diesem Moment sagte ich bereits alles, für das ich den Mut aufbringen konnte, es zu sagen.

Bitte mich nicht um mehr – das ist alles, was ich habe.

Ich weiß nicht, wie ich dir sonst sagen soll, dass ich dich liebe.

Ich seufzte, und er bewegte sich leicht, bevor er sich wieder beruhigte. Ich musste schwer gegen den Drang ankämpfen, einen Kuss auf seinen Hals oder seine Schulter zu drücken. Nichts, um ihn anzumachen – nur eine zärtliche Berührung voller Zuneigung, weil, verdammt noch mal, ich es wollte. Aber das könnte ihn aufwecken, und dann wäre das vorbei. Dafür war ich noch nicht bereit.

Morgen würde unsere Beziehung wieder verkorkst sein, und Gott allein wusste, ob oder wie wir je darüber hinwegkamen, aber im Moment – nur für eine kleine Weile – hatte ich ihn in meinen Armen.

Und solange ich konnte, würde ich das genießen.

KAPITEL 18

MARCUS

Meine Lider öffneten sich flatternd. Graues Tageslicht drang durch die dünnen Gardinen. Ich erinnerte mich, dass ich in diesem entsetzlichen Motel mitten im Nirgendwo war, aber meine müden Sinne brauchten einen Moment, um die ganzen Einzelheiten aufzunehmen.

Besonders den Teil, wo jemand an mich gekuschelt war. Der warme, starke Arm über meiner Mitte. Der nackte Fuß, der zwischen meinen Unterschenkeln steckte. Das Kribbeln in meinen Fingern, da mein Arm um breite Schultern gelegt und eingeschlafen war, denn der Kopf von jemandem ruhte auf meiner Brust.

Dieser jemand war ... Reuben.

Mir stockte der Atem. Ich neigte den Kopf, so sehr ich konnte, ohne ihn zu stören, und ... ja, es gab keinen Zweifel daran. Es sei denn, ich hätte mit einem anderen grauhaarigen Typen mit so sexy Schultern rumgemacht.

Nur, dass ich ziemlich sicher war, dass wir *nicht* herumgemacht hatten. Tatsächlich wusste ich, dass wir das nicht hatten. Ich hätte mich daran erinnert. Sex mit Reuben war alles andere als leicht zu vergessen, und beim Aufwachen hätte ich das leise Ziehen und die leichten Schmerzen bemerkt, noch bevor mir aufgefallen wäre, dass er an mich geschmiegt war.

Also nein, wir hatten nichts getan.

Dann wie zum Teufel ...

Ich öffnete und schloss meine Hand, um die Blutzirku-lation in Gang zu bringen. Bevor mir bewusst war, was ich da tat, ließ ich meine kribbelnden Finger über seinen Arm streifen. Hinunter, dann hoch. Dann wieder hinunter. Langsame, träge Kreise, wie ich es manchmal in der Vergan-genheit getan hatte, wenn er an meiner Schulter einge-schlafen war.

So, wie wir im Bett lagen, hätte ich mich beinahe davon überzeugen können, dass wieder alles so war wie vor sechs Jahren. Wie wenn ich ein altes Auto betrachtete und es in all seinem perfekten, herrlichen Glanz sehen konnte, ohne Rost, Dellen, abgefahrene Reifen und eine tote Batterie.

Ich seufzte und streichelte weiter seinen Arm. Später würde ich mich dafür hassen, aber ich machte keinen Versuch, mich von ihm zu lösen. Abgesehen von diesem Morgen in Boise war es viel zu lange her, seit ich neben jemandem aufgewacht war, und noch viel länger her, seit ich neben ihm aufgewacht war.

Hast du auch nur eine Ahnung, wie sehr du mir fehlst?

Das hatte mich ohnehin umgebracht, aber jetzt, so wie wir nebeneinanderlagen? Gott, es erinnerte mich so sehr an die wenigen Male, als wir während unserer Beziehung einen Streit gehabt hatten. Wir stritten und irgendwie landeten wir im gleichen Bett, auch wenn wir nicht zusam-menlebten. Es war, als ob keiner von uns alleine einschlafen könnte, ganz egal wie sauer wir aufeinander waren. Wir hatten nicht notwendigerweise Sex, aber zumindest lagen wir auf der gleichen Matratze, und das hatte mir immer

Hoffnung gegeben, dass wir unsere Probleme lösen konnten.

Und irgendwie näherten wir uns mitten in der Nacht einander an und wachten so wie jetzt auf. Manchmal war sein Kopf auf meiner Schulter. Manchmal meiner auf seiner. Oder einer von uns löffelte den andern, oder … irgendwas anderes. Aber wir schliefen meilenweit voneinander entfernt ein und wachten in der Mitte des Bettes auf, und während ich meinen Morgenkaffee trank, konnte ich für gewöhnlich die richtigen Worte finden, um was auch immer zu vertreiben, das uns überhaupt voneinander entfernt hatte.

Ich presste die Lippen aufeinander und kämpfte gegen Tränen an, weil es sich so gut anfühlte, ihn so zu halten, und es war eine Qual, als mir bewusst wurde, dass ich diesmal diese magischen Worte nicht finden konnte.

Oh, es gab Worte. Ganz besonders gab es drei Worte, die ich ihm sagen wollte.

Aber ich konnte es nicht. Nicht jetzt.

Natürlich könnte ich es ihm sagen. Ich könnte mich mit ihm zusammensetzen, ihm in die Augen sehen und mein Herz ausschütten, bis er nicht mehr den geringsten Zweifel hatte, dass ich ihn vermisste, dass ich ihn wollte und dass ich ihn liebte.

Aber nicht, wenn die Tinte auf seiner Scheidung noch feucht war. Er konnte unmöglich für eine neue Beziehung bereit sein, egal mit wem, ganz zu schweigen mit einem Ex-Freund, der beim Ende seiner Ehe eine Rolle gespielt hatte.

Alles, was mir blieb, war, das in Ordnung zu bringen, was wir unserer Freundschaft angetan hatten, und zu versuchen, ruhig und vernünftig zu bleiben, bis er seine Scheidung überwunden hatte. Dann … Nun, es lag an ihm, ob wir eine Chance hatten, es diesmal hinzubekommen.

Es war zu früh nach seiner Scheidung, und die Dinge zwischen uns waren zu roh, und ...

Ich schloss die Augen und atmete aus. Es würde nie den richtigen Zeitpunkt dafür geben, oder?

Neben mir regte sich Reuben. Langsam richtete er sich auf einem Ellenbogen auf und drehte den Kopf zu mir. Schläfrigkeit zeichnete sich auf seinem Gesicht ab. „Hey."

„Hey." Ich wollte unbedingt sein zerzaustes Haar glätten, war aber nicht sicher, ob ich das sollte.

Er legte die Hand an seine Lippe, und seine Augen füllten sich mit Entsetzen. „Oh Gott. Ich habe dich angesabbert."

Ich sah nach unten und wischte die Spur Feuchtigkeit von meiner Brust „Ist schon in Ordnung. Ist ja nicht so, als wäre es das erste Mal."

Eine Sekunde lang hielt das Entsetzen noch an, doch dann lachte er. „Ah komm, du hast das auch ein paar Mal getan."

„Genau."

Unsere Blicke trafen sich, und die Erheiterung verschwand. Ja, in der Vergangenheit hatten wir solche Dinge getan. Damals, als wir die ganze Zeit im gleichen Bett geschlafen hatten. Als wir zusammen gewesen waren. Eine lange, lange Zeit, bevor die Sache seltsam wurde.

Reuben rutschte ein Stück zur Seite, was etwas mehr Distanz zwischen uns brachte. Die kühle Luft des Zimmers füllte sie. Gänsehaut entstand an den Stellen, wo er sich vor einer Minute an mich gedrückt hatte.

Verdammt. Komm zurück.

Er schwang die Beine aus dem Bett und setzte sich auf. „Also, ähm." Er räusperte sich und starrte auf seine wringenden Hände. „Ich schätze ... Während wir auf den Van warten ..."

„Könnten wir uns genauso gut etwas zu essen suchen."

„Ja. Gute Idee. Irgendwelche, äh, Vorschläge?"

„Nebenan gibt es ein Diner. Ich habe gestern dort gegessen, und es war gar nicht so übel."

„Okay." Er nickte. „Lass mich nur, äh, schnell duschen."

„Okay."

Reuben stand auf, machte aber nur wenige Schritte in Richtung Badezimmer, ehe er stehen blieb. Einem Moment lang stand er da und wippte auf den Ballen, ehe er sich zu mir umdrehte. „Hör mal, ich weiß, dass wir viel klären müssen, aber ... diese Sache, die ich wegen der einen Nacht gesagt habe? Dass du mich nur angemacht hast, weil ich eine sichere Nummer war?" Seine Wangen wurden rot, und er unterbrach den Blickkontakt. „Es tut mir leid. Das war unter der Gürtellinie."

Ich schluckte. „Ich habe mir schon irgendwie gedacht, dass du es nicht wirklich so gemeint hast."

„Nein, habe ich nicht, aber ich habe es gesagt." Er erwiderte erneut meinen Blick. „Es tut mir leid."

„Entschuldigung angenommen."

Ein schwaches Lächeln huschte über seine Lippen. Eines zog auch an meinen.

Dann verschwand er im Bad, und der Moment war vorbei. Sobald die Badezimmertür hinter ihm geschlossen war, ließ ich einen Atemzug entweichen und legte beide Hände aufs Gesicht. Ich war erleichtert, dass er sich dafür entschuldigt hatte, aber ich machte mir keine Illusionen, dass wir wieder auf sicherem Boden waren.

Zum Teufel noch mal, die Stimmung zwischen uns war seit der Nacht unserer Trennung nicht mehr so unbehaglich gewesen. Das war kein schöner Abend gewesen, und die Trennung hatte höllisch wehgetan, aber irgendwie war es angenehmer gewesen als das hier. Vielleicht, weil jene Nacht Endgültigkeit enthalten hatte.

Heute hing alles in der Luft, und selbst unsere Beziehung völlig zu zerstören, klang besser, als so weiterzumachen. Selbst nach dieser Entschuldigung und nachdem wir in den Armen des anderen aufgewacht waren, war alles so entmutigend. Tatsächlich schien dieser winzige Fortschritt, den wir gerade gemacht hatten, die Dinge noch zu verschlimmern, als ob er aufzeigte, welch langer Weg uns noch bevorstand. Wie viel Distanz wir weiterhin zu überbrücken hatten.

Und wie unmöglich das erschien.

KAPITEL 19

REUBEN

So viel dazu, dass der Van repariert worden war.

„Ich warte noch immer auf einige Teile", sagte der Mechaniker mit einem Schulterzucken. „Ein Kumpel von mir bringt sie mir in die Stadt mit. Gestern waren die Straßen zu schlecht für ihn, aber er sollte binnen einer Stunde hier eintreffen. Zwei, falls die Straßen noch immer schlecht sind."

„Was glauben Sie, wie lange es danach noch dauern wird?" Marcus' Stimme war noch immer ruhig und gefasst, aber er war völlig angespannt. „Wir müssen zurück auf die Straße, damit wir vor Einbruch der Dunkelheit über den Pass kommen."

Erneut zuckte der Mechaniker mit den Schultern. „Ich fürchte, der Wagen wird wohl erst gegen Abend fertig."

Mein Herz sank. Morgen? Scheiße, nein.

Neben mir atmete Marcus aus. Eine Atemwolke formte sich zwischen uns drei, als wir in der eiskalten Werkstatt standen. „Schicken ... schicken Sie mir einfach eine SMS, sobald Sie wissen, wann der Van fertig sein wird."

„Mach ich."

Der Mechaniker ging davon, und Marcus wandte sich mir zu. „Also, was machen wir jetzt?"

„Nun, eins nach dem anderen", sagte ich. „Wir sollten versuchen, uns wieder unser Zimmer zu sichern. Falls wir eine weitere Nacht hier festsitzen, dann buchen wir es besser sofort, bevor jemand anderer es tut."

„Gute Idee."

Wir eilten zum Motel zurück, und zum Glück war unser Zimmer noch nicht vergeben worden in den zwanzig Minuten, seit wir ausgecheckt hatten. Mit dem Schlüssel in der Hand schleppten wir unser Gepäck zurück in das vertraute Zimmer und stellten unsere Koffer neben das vertraute Bett mit der rosa Decke, die von letzter Nacht noch immer zerknüllt war.

Bei der ganzen Sache gab es einen Vorteil – die ganze Woche auf einer Messe zu sein, bedeutete, dass wir beide jede Menge Arbeit aufholen mussten, wenn wir ins Büro zurückkehrten. Ohne Transportmöglichkeit und mit einem ganzen Tag, den wir in einer winzigen Stadt totschlagen mussten, gab es nicht viel zu tun, außer unsere Laptops hochzufahren, ranzuklotzen und mit einem Teil der ganzen Arbeit voranzukommen.

Ich setzte mich aufs Bett und lehnte mich ans Kopf-ende. Marcus nahm einen der Stühle. Stundenlang waren die einzigen Geräusche unsere Finger auf der Tastatur und ein gelegentlicher Dieselmotor, der auf der Interstate vorbeirauschte.

Öfter, als ich zählen konnte, warf ich ihm einen verstohlenen Blick zu. Manchmal verspürte ich ein Ziehen in der Brust, weil ich es hasste, wie unbehaglich die Atmosphäre zwischen uns war. Einige Male wollte ich meinen Laptop beiseitestellen und vorschlagen, darüber zu reden, aber dieser Gedanke erschreckte mich, weil ich Angst vor dem hatte, was einer von uns sagen mochte. Dann wiederum wollte ich den Wecker packen, ihn Marcus an den Kopf werfen und auf ihn losgehen wegen ... Zum Teufel, ich wusste nicht wegen was. Überhaupt war das nicht fair. Die Stimmung war angespannt, und das war genauso sehr seine Schuld wie meine.

Diese Spannung zwischen uns war nicht feindselig wie zuvor, aber weiterhin unbehaglich. Es war verdammt *schmerzhaft*. Und ich hatte keine Ahnung, was ich dagegen unternehmen sollte. Ich war ziemlich sicher, dass es nicht nur mein emotionaler Kurzschluss war; Marcus war niemand, der einfach schweigend litt, falls er dachte, er könnte die Situation klären.

Gegen ein Uhr ging Marcus hinaus, um zu Mittag zu essen. Nachdem er zurückgekommen war, ging ich. Beim Abendessen war es das Gleiche. Ich war zu gleichen Teilen genervt und erleichtert, dass wir beide, ohne ein Wort zu sagen, davon ausgegangen waren, dass wir die Mahlzeiten heute alleine einnahmen. Nach einer Woche, in der wir uns viel zu nahe gewesen waren, war ich ziemlich sicher, dass wir beide Abstand brauchten. Ich wusste, dass *ich* Abstand brauchte.

Schließlich rieben wir uns beide öfter die Augen, als auf den Monitor zu sehen. Ich gab als Erster auf und stellte mein Computer beiseite. Ein paar Minuten später machte er das Gleiche.

Das Schweigen hielt an, als wir duschten, die Zähne putzten und uns fürs Bett fertig machten.

Und das brachte uns zu ...

Ah, verdammt.

Marcus setzte sich auf seine Seite. Ich blieb neben meiner stehen. Über der Matratze tauschten wir unbehagliche Blicke aus. Das Bett war nicht annähernd groß genug, damit wir darin schlafen konnten. Nicht in unserer Situation. Letzte Nacht, klar. Als wir uns in der Mitte der Matratze aneinander gekuschelt hatten, war es kein Problem gewesen, aber –

Vielleicht war das der Schlüssel. Statt so weit voneinander entfernt zu bleiben, wie ein Bett dieser Größe es erlaubte, sollten wir vielleicht einfach den ganzen Mist draußen lassen und uns wieder in der Mitte treffen. Es würde die Probleme nicht lösen. Musste es auch nicht. Aber es musste besser als das hier sein.

Ehe ich die Klappe halten konnte, sagte ich: „Wir könnten auch vögeln."

Er sah mich an, und seine Augenbrauen kletterten die Stirn hoch.

„Ich meine es ernst." Mein Gesicht brannte, aber ich redete weiter. „Die Luft zwischen uns ist bereits am Brennen. Aber bei Sex sind wir gut, und wenn wir einen Orgasmus haben, entspannt uns das wenigstens. Vielleicht können wir dann einschlafen."

Wir würden beide besser schlafen, und vielleicht können wir einige der Dinge ausdrücken, für die uns die Worte fehlen.

„Meinst du nicht, dass es die Sache noch seltsamer machen würde?", fragte er so leise, dass ich ihn kaum verstehen konnte.

„Ich kann mir nicht vorstellen, dass es noch seltsamer wird, als es bereits ist."

Bitte schieb mich nicht weg.

Er schluckte schwer und suchte meinen Blick.

Versuchsweise zog ich die Decke zurück, setzte mich auf meine Seite des Bettes und hielt seinen Blick gefangen, während ich etwas von der Distanz zwischen uns verringerte. Er spannte sich an, wich aber nicht zurück.

Mit dem Herzen in der Kehle griff ich nach seinem Arm. „Wir brauchen beide Schlaf." *Und ich brauche dich.*

Er erwiderte meinen Blick, noch immer angespannt, und kam weiterhin nicht näher. Ich nahm an, dass er versuchte, eine Zurückweisung zu formulieren, die deutlich genug war, ohne das noch weniger erträglich zu machen, als es bereits war. Botschaft erhalten.

Ich wollte meine Hand zurückziehen, doch er packte mein Handgelenk.

Wir erstarrten beide.

Und dann, ohne ein Geräusch von sich zu geben, überwand Marcus den Abgrund zwischen uns, legte seinen Arm um mich und küsste mich. Erleichterung strömte durch mich, noch bevor es Erregung tat. Ich veränderte meine Position, sodass wir uns ansahen, legte die Arme um ihn und öffnete mich seiner sanften, aber drängenden Zunge.

Wir hatten uns bereits bis auf die Boxershorts ausgezogen, also sanken wir zusammen aufs Bett, warme Haut an warmer Haut. Nach einer ganzen Woche, in der ich mich beschissen gefühlt hatte, ganz zu schweigen von einem miserablen Tag, den wir miteinander in unbehaglichem Schweigen verbracht hatten, fühlte ich mich so gut, dass ich weinen wollte. Und ich wollte dafür sorgen, dass *er* sich so gut fühlte, dass *er* weinte.

Mein Verstand versuchte, mich wieder zu allem zurückzuzerren, das wir verzweifelt versuchten zu vermeiden, aber ich kämpfte dagegen an. Ich versuchte, daran zu denken, wie sehr ich ihn in diesem Moment wollte. Ich versuchte, an all die Male zu denken, als wir in der Vergangenheit im Bett gewesen waren, doch ich erinnerte mich nur an zwei Gelegenheiten – Boise und Dezember. Heißer, impulsiver Sex, der in dem Moment, als er passierte, fantastisch war, aber katastrophale Folgen hatte.

Ganz egal, wie sehr ich versuchte, mich auf die Laute zu konzentrieren, die er von sich gab, und wie mein ganzer Körper auf seine Berührung reagierte, fixierte sich mein Verstand darauf, dass Marcus nicht in der Lage war, mich anzusehen. Darauf, dass ich nicht in der Lage war, seine Stimme zu hören oder ihn zu sehen oder auch nur an ihn zu denken, ohne dass mich eine Welle an Schuldbewusstsein überrollte.

Ich hielt ihn fester und küsste ihn härter. Trotzdem versuchte mein Schuldbewusstsein weiterhin, Erregung aus dem Weg zu schubsen, und trotz meiner Anstrengungen war es am Gewinnen. Ich wollte ihn, und ich wollte, dass die Sache zwischen uns wieder in Ordnung war, aber jetzt war ich nicht mehr so sicher, ob ich das wirklich durchziehen wollte. Ich war nicht sicher, ob ich es konnte.

Dann seufzte Marcus, und nicht auf gute Art.

Er unterbrach den Kuss.

Ich löste mich von ihm.

Unsere Blicke trafen sich, aber nur für eine Sekunde.

„Vielleicht sollten wir einfach versuchen zu schlafen." Marcus' Worte trafen mich nicht annähernd so hart wie die Resignation in seiner Stimme.

„Ja. Vielleicht sollten wir das."

Und wie bei nahezu allem, was wir heute getan hatten, sagten wir kein Wort. Wir trennten uns. Er schaltete das Licht aus. Und dann lagen wir da, beide wie versteinert und langsam atmend. Hämmerte sein Herz genauso hart wie meines? War ihm genauso übel wie mir?

Ich wusste es nicht. Ich wusste nur, dass das Bett noch winziger schien als letzte Nacht, aber die Distanz zwischen uns Meilen zu betragen schien.

Und ich wusste nicht, wie ich diese Distanz heute Nacht überbrücken konnte.

„Verdammt noch mal." Marcus beendete das Telefonat, atmete aus und kniff sich in den Nasenrücken.

Mein Magen verwandelte sich in Blei. „Bitte sag mir, dass der Van heute fertig wird."

„Heute, ja." Schnaubend ließ er den nächsten Atemzug entweichen. „Heute Vormittag, nein."

„Scheiße", murmelte ich.

„Ich weiß, richtig?"

„Willst du in dem Diner bleiben, bis der Van fertig ist? Falls wir hierbleiben, wird uns eine weitere Nacht in Rechnung gestellt."

„Wahrscheinlich keine schlechte Idee", brummte er und ging ins Badezimmer. Eine Sekunde später hörte ich Rascheln und Klirren; vermutlich packte er sein Rasierzeug wieder ein.

Ich schob meinen Laptop in seine Hülle und begann ebenfalls, meine Sachen zu packen. Dann nahmen wir in peinlichem Schweigen – Mann, das wurde wirklich eine Gewohnheit zwischen uns – unser Gepäck und verließen das Motelzimmer.

Während wir hinter einem älteren Paar aufs Auschecken warteten, mieden wir den Blick des anderen, und ein flaues Gefühl machte sich in meinem Magen breit. Die Worte *„Letzte Nacht war eine blöde Idee, nicht wahr?"* lagen mir auf der Zungenspitze, aber es hatte keinen Sinn, sie laut auszusprechen. Er wusste es. Ich wusste es. Wir beide wussten es.

Nachdem wir ausgecheckt hatten, gingen wir zum Diner, ließen uns in einer Sitznische ganz hinten nieder und verstauten unsere Koffer hinter der Bank, damit sie aus dem Weg waren.

Wahrscheinlich verbrachten wir mehr Zeit als nötig damit, die Karte zu studieren. Es gab das übliche Diner-Essen. Nichts Außergewöhnliches. So übel wie mir war, ging es hauptsächlich darum, etwas zu finden, bei dem ich mich nicht übergeben wollte. Und dann las ich noch einmal die Speisekarte durch, nur um Marcus nicht ohne Ablenkung ansehen zu müssen.

Nachdem wir bestellt hatten, redeten wir noch immer nicht miteinander. Wenigstens hatten wir Handyempfang, also konnten wir uns auf unsere Handys konzentrieren und einander ignorieren. Vielleicht war das im Moment nicht das Gesündeste für uns, aber es war ganz sicher das Einfachste, und ich war zu müde für alles andere.

Allerdings ignorierte ich ihn nicht völlig. Das einzige Mal, als ich erleichtert durchatmen konnte, war, als er kurz auf der Toilette verschwand. Ansonsten saß ich wie auf Nadeln, mein Körper aufgrund meiner Nervosität schmerzhaft verkrampft.

Das Schweigen zwischen uns war ... seltsam. Die Atmosphäre zwischen uns war angespannt, aber nicht mehr feindselig. Und irgendwie wünschte ich mir, sie wäre es. Wut und Verbitterung waren weniger schmerzhaft und anstrengend als Schuldbewusstsein, Bedauern und ein nahezu unwiderstehlicher Drang, die Entfernung zu überbrücken und ihn zu berühren. Das war der einzige Weg, der mir einfiel, mich ihm zu nähern, denn ich wusste schlicht und einfach nicht, was ich sagen sollte.

Lass dir was einfallen, Idiot. Bevor du ihn endgültig verlierst.

Frisches Schuldbewusstsein regte sich in mir. Ich wusste, dass ich mich immer zu sehr auf ihn – und später Michelle – verlassen hatte, um mir einen Weg durch all diese Gefühle zu zeigen und mir dabei zu helfen, sie jemand anderem mitzuteilen. Ich musste in der Lage sein, so was selbst herauszufinden, ehe ich mich einem Partner nähern und was auch immer falsch war in Ordnung bringen konnte. Ich musste es, aber ich wusste einfach nicht wie.

Allerdings hatte ich den Verdacht, dass es diesmal vielleicht gar nicht darum ging, dass ich nicht wusste, was ich fühlte, sondern dass ich Angst davor hatte, es zu benennen. Unter all diesen verworrenen Emotionen war die Wahrheit versteckt, und der Gedanke, sie zu sehen und nicht länger ignorieren zu können, erschreckte mich.

Vielleicht war letzte Nacht kein Fehler gewesen. Vielleicht war der Fehler das ganze Zeug, das wir noch immer aussprechen mussten.

Verstohlen musterte ich Marcus. Er sah erschöpft aus. Seine Haut war blasser als sonst, und die dunklen Ringe unter seinen Augen machten es noch schlimmer. Normalerweise lächelte er ständig, aber jetzt bildeten seine Lippen einen geraden Strich.

Und er sagte nichts. Während unserer ganzen Beziehung und Freundschaft war er derjenige gewesen, der das Wort erhob und alles definierte, damit wir welches Problem auch immer lösen konnten.

Aber was, wenn er diesmal keine Worte hatte? Was, wenn *ich* diesmal für Marcus die Worte finden musste?

Allein der Gedanke löste Panik in mir aus. Ich wusste nicht mal, wo ich anfangen sollte. Ich hatte eine Heidenangst, dass ich es irgendwie vermasselte und die Sache noch schlimmer machte, falls ich versuchte, ihm alles zu sagen, was mir durch den Kopf ging. Dass ich meine Gefühle falsch erklären oder einfach nur erstarren und gar nicht in der Lage sein würde, etwas über die Lippen zu bringen.

Aber, dachte ich, als ich ihn über den Tisch hinweg betrachtete, war das schlimmer, als alles ungesagt zu lassen?

In diesem Moment vibrierte Marcus' Handy, summte laut auf dem Tisch und erschreckte mich so sehr, dass ich fast mein Getränk umgestoßen hätte. Er sah aufs Display, und die Erleichterung, die ihn durchlief, war spürbar. „Oh, Gott sei Dank. Der Van ist in einer halben Stunde fertig."

Ich atmete aus. „Super."

Er bedeutete der Kellnerin, uns die Rechnung zu bringen. Während wir darauf warteten, wandte er sich mir zu. „Nun, wir haben die Wahl. Wir können uns heute Nachmittag auf die Straße wagen und hoffen, dass der Pass frei ist, oder wir können eine weitere Nacht in dieser Stadt verbringen und morgen früh losfahren."

Über den Tisch hinweg sahen wir einander in die Augen.

Und sagten dann gleichzeitig: „Brechen wir auf."

KAPITEL 20

MARCUS

Keinen Moment zu früh war der Van fertig.

Wir bezahlten mit der Firmenkreditkarte, und dann überprüften Reuben und ich den Laderaum, um sicherzugehen, dass nichts fehlte – wir misstrauten dem Mechaniker nicht wirklich, aber es schadete nicht, wachsam zu sein. Sobald wir sicher waren, dass alles dort war, wo es hingehörte, verstauten wir unser Gepäck, und Reuben kletterte auf den Fahrersitz.

Ich sagte nichts, als ich meinen Sicherheitsgurt anlegte. Er sagte kein Wort, als er den Motor startete. Das Schweigen folgte uns auf die I-90, und ich blickte aus dem Fenster auf die schneebedeckten Farmen, die vorbeiflogen. Ich hasste es, dass wir nicht miteinander reden konnten, war aber auch irgendwie erleichtert. Ich glaubte nicht, dass ich im Moment ein Gespräch verkraften konnte. Smalltalk wäre zu peinlich. Alles andere wäre zu schmerzhaft, entweder weil das Thema selbst Salz auf zu vielen Wunden wäre, oder weil wir um jeden Preis die Sache meiden würden, die wir unbedingt besprechen mussten. Und das auch nur vorausgesetzt, dass ich überhaupt etwas sagen konnte, ohne dass meine Stimme brach, und was das betraf, war ich nicht sehr zuversichtlich.

Der Sex, den wir letzte Nacht versucht hatten, ließ mich jetzt weinen wollen. Der Reuben, an den ich im Schlafzimmer gewöhnt war, war abgängig und von jemandem ersetzt worden, der jeden seiner Schritte hinterfragte, bevor wir schließlich beide aufgegeben hatten. Nachdem ich letzte Nacht neben ihm gelegen hatte und jetzt neben ihm fuhr, glaubte ich nicht, jemals so überzeugt gewesen zu sein, dass das, was wir in der Vergangenheit hatten, tot war und dass unsere Freundschaft bald folgen würde.

Ja, es war definitiv Zeit, sich nach einer anderen Stelle umzusehen. Ich konnte nicht jeden Tag zur Arbeit gehen und ihn sehen. Nicht, wenn ich noch immer so stark für ihn empfand und keiner von uns dem anderen in die Augen sehen konnte.

Eines nach dem anderen – komm zuerst nach Hause und entspann dich.

Dann arbeite an deinem Lebenslauf.

Dann bewirb dich für –

Abrupt wurde der Van langsamer. Dann ging sein Blinker an, und er bog auf das Bankett ab.

Panik huschte mein Rückgrat hoch. „Was ist los? Warum bleiben wir stehen?" Unzählige Worst-Case-Szenarios jagten durch meinen Kopf. War eine Warnlampe angegangen? War der Van noch immer kaputt? „Reuben, ist –"

Er hielt eine Hand hoch. „Ich muss das jetzt machen, bevor ich völlig die Nerven verliere."

Meine Zähne knallten aufeinander.

Was machen?

Die Nerven verlieren?

Oh Gott, was ist hier los?

Mein Herz hämmerte, und mein mageres Frühstück drohte einen erneuten Auftritt hinzulegen, also konzentrierte ich mich darauf, die Kiefer aufeinanderzupressen und zu schlucken, damit ich mich nicht übergeben musste.

Reuben stellte den Motor ab, wandte sich aber nicht mir zu. Er starrte geradeaus und umklammerte das Lenkrad, obwohl der Van sicher am Straßenrand stand. Ich wollte fragen, was los war, aber etwas sagte mir, den Mund zu halten, damit ich seine Konzentration nicht störte.

Schließlich holte er tief Luft. „Als du gefragt hast, ob der Dreier meine Ehe zerstört hat", begann er zögernd, „hätte ich dir keine klare Antwort geben können. Und das liegt daran, weil ich nicht gewusst habe, wie ich dir die Wahrheit sagen soll."

Meine Zunge versuchte, am Gaumen kleben zu bleiben, aber ich schaffte es hervorzustoßen: „Also was ist die Wahrheit?"

Reuben schluckte hart und starrte weiterhin zur Windschutzscheibe hinaus. „Ich habe bereits am Anfang dieser Nacht gewusst, dass Michelle und ich Probleme hatten. Ich habe gedacht, dass wir es wieder hinkriegen könnten, aber sie hatte uns schon so ziemlich abgeschrieben, also war es wirklich nur eine Frage der Zeit. Also waren wir ... Nun ja, wir hätten wirklich nicht an einen Dreier denken sollen, so viel ist sicher."

Er fuhr sich mit einer Hand übers Gesicht und atmete aus.

„Aber in jener Nacht ... Ich weiß nicht. Ich schätze, die Vorstellung eines Dreiers hat uns beide angemacht, und auch wenn ich gewusst habe, dass es eine schlechte Idee ist, konnte ich nicht Nein sagen. Ich ..." Das nächste schwere Schlucken, und diesmal wandte er sich mir zu. Seine Augen zeigten zu viele Emotionen, um sie einzeln bestimmen zu können. „So, wie ich mich in jener Nacht gefühlt habe, konnte ich einfach nicht Nein sagen. Jemand war tatsächlich darüber begeistert, mit mir Sex zu haben, selbst wenn du und sie nur darüber begeistert wart, einen Dreier zu haben."

Ich biss mir auf die Zunge, um ihm nicht zu sagen, dass es nicht der Dreier gewesen war, der mich in jener Nacht ins Schlafzimmer gezogen hatte. So sehr ich das auch aussprechen wollte, wagte ich nicht, ihn zu unterbrechen, während er endlich die Worte über die Lippen brachte.

„Am nächsten Tag", fuhr er mit zittriger Stimme fort, „haben wir beide gewusst, dass es vorbei ist. Ich denke, wir haben es ohnehin beide schon gewusst, schon lange Zeit, aber das war das endgültige Ende."

Ich zuckte zusammen.

„Ich gebe dir nicht die Schuld am Ende meiner Ehe", redete er weiter. „Du hast nichts falsch gemacht. Das haben wir. Und es tut mir leid, dass wir dich da hineingezogen haben."

„Habt ihr nicht", sagte ich. „In jener Nacht haben wir alle drei mitgemacht. Ich ... Mir war einfach nicht klar ..."

„Ich weiß. Du hast es nicht wissen können. Die Sache ist die, diese Nacht hat das Unvermeidliche zwischen mir und Michelle beschleunigt. Und das ist wahrscheinlich wirklich gut. Falls wir es noch länger hinausgezögert hätten, glaube ich nicht, dass wir uns auch nur *annähernd* so freundschaftlich getrennt hätten. Aber was ich versuche zu sagen ..." Er holte tief Luft und starrte hinaus auf den langsam fallenden Schnee und die vorbeifahrenden Autos. „Der Dreier hat mich und Michelle gezwungen, einige Dinge zu erkennen, die wir versucht haben zu ignorieren. Und ich glaube, zusammen diese Reise unternehmen zu müssen, hat dich und mich gezwungen, uns damit zu befassen, wie seltsam die Stimmung zwischen uns gewesen ist ... Und auch mit vielen Dingen, die wir seit langer Zeit ignorieren. Oder zumindest Dinge, die ich ignoriert habe."

„Wie zum Beispiel?"

„Dinge wie ..." Er rutschte unbehaglich auf seinem Sitz herum. Dann schloss er einen Moment lang die Augen, die Lippen angespannt und die Stirn in Falten gelegt, als ob er sich stark konzentrieren würde. Schließlich richtete er den Blick wieder auf mich. „Meine Ehe war vermutlich schon ein ganzes Jahr lang tot. Michelle und ich wollten es nicht zugeben, aber so war es. Doch in jener Nacht habe ich erkannt, dass ich nach all dieser Zeit noch immer etwas für *dich* empfinde. Für meine alte Flamme."

Mein Herz blieb stehen. „Was?"

„Nach jener Nacht habe ich erkannt, dass ich dich noch immer will. Und dass ich ..." Seine Lippen spannten sich wieder an, und er strahlte Frustration aus, als ob die Worte zwar da wären, aber knapp außerhalb seiner Reichweite blieben. Schließlich ließ er schnaufend den Atem entweichen, und seine Stimme zitterte heftig, als er fortfuhr: „Du kennst mich, Marcus. Du weißt, wie mies ich darin bin, solche Sachen zu sagen. Also falls es nicht richtig herauskommt, dann ..." Er warf eine Hand in die Luft. „Ich weiß auch nicht." Er erwiderte meinen Blick, und mit einem zitternden Flüstern fügte er hinzu: „Ich weiß nur, dass ich dich liebe."

Ich bekam keine Luft. Ungläubig starrte ich ihn an. Hatte er ... War das ... Er liebte mich? Okay, tief drinnen hatte ich das immer geglaubt, aber die Tatsache, dass er weiß Gott was angezapft und es geschafft hatte, die Worte laut auszusprechen ... Ironischerweise machte das *mich* sprachlos.

Er bewegte sich leicht, und sein Blick huschte eine

Sekunde lang von mir weg, ehe er fortfuhr. „Ich werde dir nicht sagen, dass ich über meine Scheidung hinweg bin oder bald hinweg sein werde. Aber ich kann damit umgehen und weiß trotzdem, was ich für dich empfinde." Er presste die Lippen zusammen und fuhr sich mit einer Hand übers Gesicht, ehe er wieder zur Windschutzscheibe hinausstarrte. „Vielleicht bin ich nicht bereit für eine Beziehung. Ich weiß es nicht. Aber um ehrlich zu sein, nichts in meinem Leben hat sich richtig angefühlt, seit wir uns getrennt haben."

Ich blinzelte. „Das ... das war vor sechs Jahren."

„Ich weiß", flüsterte er. „Und bis zu diesem Tag kann ich dir nicht sagen, warum ich das je für eine gute Idee gehalten habe."

„Du hast mit der Heimlichtuerei auf der Arbeit nicht umgehen können." Es kam emotionslos heraus, mit einer Spur von Anschuldigung, die ich mir nicht ganz verkneifen konnte.

Reuben zuckte zusammen. Dann seufzte er. „Ich war ein verdammter Feigling." Er wandte sich mir zu. Seine Augen glänzten vor Tränen und waren groß vor Bedauern und Schmerz. „Ich hatte Angst, mich vor meinem Dad zu outen, und ich hatte Angst, dass du deinen Job verlierst, falls er das mit uns herausfindet. Aber nichts auf der Welt habe ich je mehr bedauert, als mich von dir zu trennen."

Ungläubigkeit ließ mich lange Sekunden verstummen. Ich hatte von seiner Angst vor einem Coming-out gewusst, und ich hatte von der Gewissheit gewusst, dass einer von uns oder wir beide unsere Arbeit verlieren würden, aber ich hatte mir erfolgreich eingeredet, dass unsere Trennung leicht für ihn gewesen war. Oder zumindest nicht so schwer.

Ich wappnete mich. „Es gibt da etwas, das ich wissen muss."

Reuben betrachtete mich erwartungsvoll mit hochgezogenen Brauen.

Ich suchte nach den richtigen Worten und entschied mich schließlich dafür, es direkt auszusprechen. „Hast du Michelle geliebt?"

Auf seinem Gesicht zeigte sich keine Überraschung. Es war, als wäre er für die Frage bereit gewesen.

Sein Blick verlor an Fokus. „Ja. Habe ich. Und ich liebe sie noch immer." Er machte eine Pause, fokussierte erneut den Blick und sah mich an. „Und ja, ich habe mein Gelübde vor ihr ernst gemeint. Ich ... Die Sache ist die, ich habe gedacht, dass ich mir alle Chancen bei dir vermasselt hätte. Ich habe mich von dir getrennt, du hast jemand anderen gefunden, und ich habe mich dazu gezwungen, ebenfalls darüber hinwegzukommen." Er schluckte und seine Stimme schwankte. „Ich habe *gedacht*, dass ich darüber hinweg wäre."

„Und du meinst, dass du und Michelle euch trotzdem getrennt hättet?", fragte ich, weil ich ein verdammter Masochist war. „Falls wir ... im Dezember ... nicht ..."

Ohne zu zögern nickte Reuben. „Ja. Ich meine, ich war noch immer in dich verliebt, und ich hatte viel zu bedauern, aber das bedeutet nicht, dass ich mir in meiner Ehe keine Mühe gegeben habe. Ich wollte, dass sie funktioniert, und ich habe versucht, sie funktionieren zu lassen. Aber wir ..." Er schüttelte den Kopf. „Michelle und ich hatten Probleme, die unsere Ehe auch zerstört hätten, wenn du gar nicht existiert hättest." Er ließ den Kopf gegen den Sitz zurückfallen und sah plötzlich zehnmal erschöpfter aus als während der ganzen Woche. „Also das ist ... das ist alles, was ich sagen wollte."

Schweigend nahm ich seinen Anblick einen langen Moment in mich auf. Es hätte viel erfordert, damit auch ich mein Herz so ausschüttete, aber so, wie ich ihn Reuben kannte … Himmel, kein Wunder, dass er auf der I-90 zur Seite fahren musste. Er musste seinen ganzen Mut zusammengenommen haben, und sobald das geschafft war, wagte er nicht, eine weitere Minute zu warten, sonst hätte er vielleicht nie wieder den Mut dazu gefunden. Und dann hatte er das alles gesagt. Das war wahrscheinlich mehr, als er sich je in einem einzigen Gespräch – zum Teufel, in einer einzigen Woche – in seinem Leben geöffnet hatte.

Mit zusammengezogenen Brauen wandte er sich mir zu. Müde Augen musterten mich über der Mittelkonsole.

Mein Herzschlag beschleunigte sich. Er hatte mir gerade seine Seele geöffnet, sich wahrscheinlich selbst halb zu Tode geängstigt, und wartete noch immer auf eine Reaktion von mir, nicht wahr?

Ich befeuchtete die Lippen, dann räusperte ich mich und hoffte, dass das genug war, damit meine Stimme nicht zitterte. „Vielleicht ist jetzt ein guter Zeitpunkt, um zu erwähnen, dass ich in den sechs Jahren nie aufgehört habe, dich zu lieben."

Ihm stockte der Atem. „Wirklich?"

„Ja." Ich griff über die Konsole, und sobald ich seine Hand fand, schlossen wir beide unsere Finger und hielten einander fest. Seine Handfläche war heiß und feucht; er war wirklich ein nervöses Wrack. Ich setzte mich auf und winkte ihn mit meiner freien Hand zu mir. „Komm her."

Er beugte sich näher, und wir trafen uns über der Konsole, aber nicht in einem Kuss – wir schlangen die Arme umeinander, vergruben das Gesicht am Hals des anderen und hielten einander nur für … Gott, ich weiß nicht für wie lange.

Als ich sicher war, dass ich meiner Stimme trauen konnte, flüsterte ich: „Ich liebe dich, Reuben."

„Ich liebe dich auch."

Ich löste mich von ihm und sah ihm in die Augen. Mir lag etwas auf der Zunge, doch sobald ich seinen Blick auffing, schienen Worte nicht mehr wichtig zu sein. Also umfasste ich stattdessen seinen Hinterkopf und küsste ihn, und in dem Moment, als sich unsere Lippen trafen, war es, als ob die ganze Welt sich wieder geraderichten würde. Alles, was die letzten paar Jahre schief gewesen war, war wieder dort, wo es hingehörte. Ich konnte atmen – wirklich atmen –, und als ich es tat, fing ich seinen vertrauten Geruch auf, und alles von Erleichterung über Erregung zu Tränen drohte mich gleichzeitig zu überwältigen.

Das war nicht die Art Kuss, die wir geteilt hatten, als wir versucht hatten, uns gegenseitig anzumachen. Das war nur seine Lippen auf meinen, während wir mit zitternden Fingern durch die Haare des anderen strichen. Später würde Zeit sein für Zungen und Keuchen, und ich konnte mir nicht vorstellen, dass wir erst nach Sonnenuntergang nackt ins Bett stiegen, aber in diesem Moment war es nur diese ruhige, welterschütternde Rückkehr zu etwas, von dem ich nicht völlig verstanden hatte, wie sehr es mir gefehlt hatte.

Seine Stirn berührte meine. Keiner von uns sagte ein Wort, aber ich schätzte, dass im Moment auch nichts gesagt werden musste. Was gut war, weil mir nichts einfiel außer *du bist hier*.

Das Knirschen von Reifen auf Schotter schnitt durch den Lärm der Interstate. Reuben drehte sich leicht, um in den Seitenspiegel zu blicken, zuckte dann zurück und murmelte: „Scheiße." Verwirrung ließ mich erstarren, bis er hinzufügte: „Cop."

Ich ließ mich auf den Beifahrersitz fallen, und eine Sekunde später erschien eine Polizistin an meinem Fenster. Sie hatte doch nichts gesehen, oder? Als ich das Fenster herunterließ, erhaschte ich einen Blick in den Rückspiegel und war erleichtert, bestätigt zu sehen, was ich bereits wusste – dass alles, was im Laderaum des Vans steckte, das Rückfenster völlig verdeckte.

Der eisige Wind von draußen blies herein, schnappte nach meinem Gesicht, und die Polizistin fragte: „Ist alles in Ordnung, meine Herren?"

„Ja, Ma'am", sagte Reuben. „Wir sind stehen geblieben, um eine Adresse zu suchen." Er tippte auf das Navi.

Wow. Er hatte eindeutig schneller nachgedacht als ich, und dabei war Dampfplauderei mein *Job*.

„Nun gut." Die Polizistin deutete nach vorn. „Ungefähr eine Meile von hier gibt es eine Ausfahrt. Tankstellen und jede Menge weit sichererer Orte, um anzuhalten." Sie deutete auf den Verkehr, der an uns vorbeiraste. „Hier ist es nicht sicher, also fahren Sie weiter."

„Richtig." Reuben räusperte sich. „Tut mir leid."

Sie nickten uns zu und ging dann zu ihrem Polizeiwagen zurück.

Keiner von uns bewegte sich oder atmete auch nur, bis sie wieder auf die Interstate gefahren war und auf der Straße verschwand. Als der dreckige Ford nicht mehr zu sehen war, atmeten wir beide erleichtert aus.

Dann sahen wir einander an, und nach einem Moment des Schweigens brachen wir in Gelächter aus.

Reuben wischte sich über die Augen und sagte: „Ist ja klar, dass das einzige Mal, als ich es schaffe, meine Gedanken laut auszusprechen, die Cops sich einmischen."

Ich schnaubte. Er ebenfalls. Wir krümmten uns wieder vor Lachen.

Als ich mich zusammenriss, sagte ich: „Wir sollten losfahren, bevor der nächste Polizeiwagen stehen bleibt."

„Gute Idee." Aber er startete den Van noch nicht. Stattdessen schob er eine Hand auf meinen Oberschenkel und lächelte. Erleichterung stand ihm übers ganze Gesicht geschrieben. Ich war nicht sicher, wie viel daran lag, weil wir die Sache zwischen uns geklärt hatten, und wie viel daran, weil die Polizistin ihm seine Ausrede abgekauft hatte, aber ich würde dieses sanfte Lächeln auf jedem Fall nehmen.

„Wir sollten zurück auf die Straße", sagte ich erneut.

„Ja." Er drückte leicht mein Bein. „Je schneller wir über den Pass kommen, desto schneller kommen wir zurück zu deinem Haus."

„Schlägst du vor, was ich glaube, dass du vorschlägst?"

Das Lächeln wurde breiter. Dann zwinkerte er.

Mein Puls fing an zu rasen.

„Gute ..." Ich schluckte. „Gute Idee. Fahr los."

Reuben beugte sich für einen weiteren schnellen Kuss über die Konsole, dann setzte er sich wieder hin und steuerte vorsichtig zurück auf die I-90.

Und ich betete inständig, dass uns nichts aufhalten würde.

KAPITEL 21

REUBEN

Die eineinhalb Stunden zwischen unserem Halt auf der Interstate und dem Moment, als ich in Marcus' Auffahrt einbog,
fühlten sich wie Tage an. Doch schließlich waren wir hier, und
ich seufzte tatsächlich erleichtert aus, als ich den Van anhielt.

Keiner von uns sagte ein Wort – auch wenn dieses
Schweigen ganz anders war als die Stille, die wir im Laufe
der letzten Woche geteilt hatten –, und wir machten keine
Anstalten, sein Gepäck aus dem Laderaum zu holen. Wir
stiegen einfach aus und gingen ins Haus.

Sobald wir durch die Tür waren, schloss er sie hinter
uns und verriegelte sie. Dann drehte er sich zu mir um, und
einen Moment lang standen wir einfach im Flur und sahen
einander in die Augen, als ob wir genießen müssten, wie
entspannt die Atmosphäre zwischen uns jetzt war. Es war
so viel falsch gewesen, und jetzt war so viel richtig, und ich
hatte keine Ahnung, ob ich damit umgehen konnte.

„Komm her", flüsterte er und zog mich für einen Kuss
an sich und ... Ja. Gott, ja. Ich schlang die Arme um ihn und
verlor mich in ihm.

Halb hatte ich erwartet, dass wir uns gegenseitig die Kleider vom Leib reißen und einander packen würden, doch wir taten es nicht. Wir ließen diesen langen, genießerischen Kuss andauern und hielten einander, während wir träge den Mund des anderen erkundeten. Unsere Klamotten blieben an, unsere Füße bewegten sich nicht, und hier im Flur hielt ich Marcus fest und ließ mir durch seinen Kuss versichern, dass ich draußen auf der Straße nicht das Falsche gesagt hatte. Dass ich irgendwie die Worte gefunden und sie zusammengefügt, mich vor ihm entblößt und er alles verstanden hatte. Verstanden und erwidert hatte.

„Ich liebe dich, Reuben", hallten seine Worte in meinem Kopf wider.

Als wir um Atem rangen, legte er seine Stirn an meine, und einen Moment lang hielten wir einander keuchend, während sich unser Atem zwischen unseren Lippen vermischte.

„Wir werden gleich ihren Ort und Stelle vögeln", raunte er.

„Dein Bett ist gar nicht so weit weg. Vielleicht sollten wir dorthin gehen."

Marcus lachte leise und küsste mich. Dann nahm er wortlos meine Hand und führte mich in den ersten Stock. Wir sanken auf sein Bett, noch immer angezogen, und küssten uns wie im Flur. Sanft. Zärtlich. Da war Hitze zwischen uns und Hunger, aber hauptsächlich Erleichterung. Als ob die Welt so lange auf ihrem Hintern gesessen hätte, dass ich mich nicht daran erinnern konnte, wie es sich anfühlte, wenn sie wieder die richtige Achsenneigung hatte, und jetzt mussten wir uns daran gewöhnen, dass die Dinge wieder richtig ausgerichtet waren. Damit hatte ich kein

Problem – ich konnte das so lange machen, wie einer von uns es brauchte.

Selbst als wir uns auszogen und die Berührungen drängender wurden, waren wir zurückhaltend verglichen zu dem, was ich von ihm gewöhnt war. Normalerweise brachte er die Seite in mir zum Vorschein, die harten Sex liebte. Heute Abend war ich nicht sicher, ob ich damit umgehen könnte. Selbst die leichteste Berührung seiner Lippen oder seiner Finger zerstörte mich fast. Da war so viel Erleichterung und angestautes Verlangen und so viele Jahre der Entfernung, die wir überbrücken mussten, und irgendwie fühlte es sich nicht richtig an, den hektischen, rauen Sex zu haben, den wir fast immer gehabt hatten.

Das war alles, worauf ich letzte Nacht in dem Hotelzimmer gehofft hatte, und noch viel mehr, und es war perfekt. Ungezügelte Küsse. Ungehemmte Berührungen. Wir hielten einander fest und betasteten einander überall, als ob keiner von uns glauben könnte, dass das real war. Was auf mich ganz sicher zutraf.

„Ich will, dass du etwas tust." Seine Stimme klang angestrengt und zittrig, als ob er Mühe hätte, Worte zu bilden.

„Ja?" Ich küsste mich seinen Hals hinunter. „Sag mir was."

„Ich will … oh Gott …" Er wand sich unter mir und grub die Nägel in meinen Rücken, während ich damit weitermachte, seinen Hals zu erkunden.

Ich grinste an der heißen Haut seiner Kehle. „Sprich mit mir. Was soll ich tun?"

„Fick …" Er hob das Becken ein wenig an, drückte unsere harten Schwänze aneinander, brachte mich zum Keuchen und flüsterte: „Fick mich wie damals."

Jetzt war ich an der Reihe zu vergessen, wie man Worte

bildete. Allein der Gedanke, mich in ihm zu vergraben und ihn hart zu reiten, war ... Oh Himmel, warum machten wir das nicht schon längst?

Ich stützte mich auf einem Arm auf und blickte auf sein errötetes Gesicht hinunter. „Hast du Gleitgel?"

Marcus nickte. Ich gab den Weg frei, und er beugte sich zum Nachttisch. Mit einer Tube Gleitgel und einem Streifen Kondome kam er wieder, zögerte dann aber. „Ich schätze, die brauchen wir nicht." Er warf die Gummis zurück in die Schublade und überreichte mir dann das Gleitgel.

Ich nahm die Flasche, doch statt sie zu öffnen, schlang ich einen Arm um seine Taille und küsste ihn. Er protestierte nicht. Für einen langen Moment knieten wir in der Mitte des Bettes und küssten uns zärtlich. Wahrscheinlich hätte ich das die ganze Nacht lang tun können, falls er nicht an meinen Lippen gemurmelt hätte: „Ich will dich. Jetzt."

Mit einem leisen Stöhnen löste ich mich von ihm und nickte zum Kissen. „Dreh dich um."

Er tat wie geheißen, und schnell befeuchtete ich meine Finger und meinen Schwanz. So viel Spaß es auch machte, diesen Teil hinauszuzögern, nur um ihn heiß zu machen, brauchte ich ihn in diesem Moment zu sehr. Sobald ich sicher war, dass er entspannt genug war, um mich aufzunehmen, zog ich meine Finger heraus und schob meinen Schwanz hinein.

„Oh Gott, Reuben", wimmerte er und wölbte unter mir den Rücken auf. „Oh Gott, ja ...“

Gott ja war richtig. Marcus war der einzige Mann, in dem ich je ohne Kondom gewesen war, und als ich mich in ihn hineinschob, traten mir vor Gefühlen, die ich nicht benennen musste, Tränen in die Augen. Irgendwie hatten wir es trotz allem geschafft, hierher zurückzukehren, und ihn um meinen Schwanz zu spüren, ohne etwas zwischen uns, machte es nur noch viel realer.

Wie habe ich sechs Jahre lang ohne dich geatmet?

Es spielte keine Rolle. Ich atmete jetzt, und jeder Atemzug schmeckte wie sein vertrauter Geruch, und ich konnte nicht schnell genug in ihn gelangen. Trotzdem ließ ich mir natürlich Zeit – ich wollte ihm nicht wehtun –, aber Himmel, ich musste so tief in ihm stecken, wie er mich aufnehmen konnte.

Es dauerte nicht lange, ehe ich mich mühelos in ihm bewegte und ihn mit geschmeidigen Stößen vögelte, während er sich mir entgegenbog.

„Härter, Baby", flüsterte er. „Mach schon. Bitte."

„Mmm." Ich küsste seine Schulter. „Härter? Wie viel härter?"

Er wiegte sein Becken, als ob er mich anstacheln wollte. „Du weißt, wie ich es mag."

Ich erschauerte. Denn ja, ich wusste es. Weil ich mit diesem Mann schon zusammen gewesen war, und es war der beste Sex, den ich je gehabt hatte, und oh ja, ich wusste, wie er es mochte.

Ich knabberte an der Seite seines Halses. „Leg dich ganz hin. Auf den Bauch."

Marcus stöhnte leise, erschauerte unter mir und tat wie geheißen. Ich folgte ihm, und sobald er auf der Matratze war, schob ich meine Hände unter seine Brust und legte sie für eine bessere Hebelwirkung um seine Schultern.

Und dann vögelte ich ihn hart. Genauso hart, wie ich wusste, dass er es liebte.

„Ja!", schrie er. „Fuck. Oh mein Gott. *Ja!*"

Ich biss die Zähne zusammen und ritt ihn weiter, und jeder Stoß presste ein Stöhnen aus ihm heraus, und jeder

Laut, den er von sich gab, erregte mich mehr, bis ich glaubte, schon längst kommen zu müssen, und anfing, mich zu fragen, ob ich stattdessen einfach explodieren würde.

„Fuck ..." Marcus spannte sich unter mir an und wölbte sich auf, und sein Hintern verkrampfte sich um meinen Schwanz, als er kam. „Oh Gott, Reuben ..." Er klang, als wäre er den Tränen nahe, und ich liebte es und hämmerte in ihn, bis ich mich mit einem Ächzen, das gar nicht nach mir klang, in ihm entlud.

Und dann ... waren wir beide still. Keuchend, zitternd, aber sonst still.

Nachdem ich meinen Schwanz aus ihm herausgezogen hatte, löste ich mich nicht von ihm. Ich küsste die Seite seines Halses, genoss die Wärme seiner Haut und murmelte: „Das habe ich vermisst."

„Ich auch." Er drehte den Kopf zu mir. „Ich habe *dich* vermisst."

Ich lächelte und streifte mit meinen Lippen über seine. „Willst du duschen?"

Sein spielerisches Grinsen hätte mich fast wieder angemacht. „Als ob ich zu einer Dusche mit dir Nein sagen würde."

Wir schafften es, tatsächlich zu duschen, auch wenn es jede Menge spielerische Küsse und Berührungen gab. Falls wir ein bisschen weniger erschöpft gewesen wären, hätte es wahrscheinlich mit dem nächsten Fick geendet oder zumindest damit, dass wir uns gegenseitig einen runterholten. Das wäre toll gewesen, aber ich würde mich nicht über das beschweren, was wir letzten Endes stattdessen machten – uns unter die Decke zu kuscheln und einander einfach nur zu halten.

„Du hast mir wirklich gefehlt." Er streichelte über mein

feuchtes Haar. „Ich schwöre, seitdem wir uns getrennt haben, war nichts mehr richtig.“

„Das brauchst du mir nicht zu erzählen. Es ist so gut, wieder das hier zu haben.“

Er lächelte, doch nicht lange. „Also, erzählen wir es den Leuten auf der Arbeit? Oder behalten wir es für uns?“

Ich überlegte einen Moment lang und zuckte dann mit den Schultern. „Ich verspüre nicht das Bedürfnis, es zu verstecken, möchte aber auch nicht wirklich mit einem Neonschild darauf hinweisen.“

„Klingt fair. Aber was ist mit deinem Dad? Wenn wir wieder zusammen sind, wird er wissen, dass du queer bist.“

Ich lachte leise. „Er, äh, weiß das bereits.“

Marcus gab ein Geräusch von sich, als ob er erstickte. „Wie bitte?“

Geistesabwesend fuhr ich mit einer Hand über seine Brust und sagte: „Auf dem ersten Weihnachtsfest nach meiner Hochzeit mit Michelle machte er eine Bemerkung darüber, dass er immer erwartet hatte, dass ich schwul sei. Also sah ich ihn an und sagte ihm, dass er halb richtig lag.“

„Whoa. Wie hat er das aufgenommen?“

„Ach.“ Ich zuckte mit den Achseln. „Ziemlich enttäuschend im Vergleich zu dem, wie ich es mir vorgestellt habe. Ich hatte immer einen riesigen Streit oder was in der Art erwartet, aber dann erklärte ich plötzlich meiner Familie meine Bisexualität während eines Weihnachtsessens, und es war einfach ... keine große Sache.“

„Vielleicht, weil du verheiratet warst?“, schlug Marcus vorsichtig vor. „Also dachten sie, dass es keine große Sache sei?“

„Vielleicht.“ Ich lächelte. „Doch wenn ich jetzt einen Mann mit nach Hause bringe, können sie immerhin nicht behaupten, dass ich es ihnen nicht gesagt habe.“

Er strich mir über die Haare. „Guter Einwand. Und wir wissen, dass wir das schaffen können. Es hat funktioniert, während wir zusammen waren und nachdem wir uns getrennt hatten. Wir wissen verdammt gut, dass wir unsere Jobs und gleichzeitig das hier bewältigen können."

„Stimmt." Ich ließ einen langen Atemzug entweichen. „Ich muss dich allerdings warnen. Es wird einige Zeit brauchen, bis ich meine Scheidung überwunden habe. Das bedeutet nicht, dass ich das hier nicht will. Hab ... hab einfach nur Geduld mit mir."

„Geduld." Er küsste mich zärtlich. „Ich habe sechs Jahre gewartet, nur um dich wieder berühren zu dürfen. Ich habe jede Menge Geduld, Baby."

Ich erwiderte das Lächeln und streichelte seine Wange, aber mein Lächeln hielt nicht an, als seine Worte einsickerten. „Du hast doch nicht die ganze Zeit auf mich gewartet, oder?"

Er zuckte mit den Schultern. „Ich habe nicht geglaubt, dass ich dich jemals zurückhaben könnte, falls du dich das fragst, aber als ich gesagt habe, dass sich seit unserer Trennung nichts wirklich richtig angefühlt hat, habe ich das auch so gemeint." Er legte seine Hand auf meine und drückte einen Kuss auf meine Handfläche. „Doch jetzt fühlt sich alles richtig an."

Eine Million Emotionen überfielen mich, alles von Rührung aufgrund seines Geständnisses zu Schuldbewusstsein, weil ich ihn damals verlassen hatte, also machte ich das Einzige, was mir einfiel – ich schlang die Arme um ihn und zog ihn an mich. Wieso hatte ich mich je von ihm trennen wollen? Gott sei Dank hatte ich diese geistige Blockade überwunden, die mich davon abgehalten hatte, so leicht über Dinge zu reden wie er.

Zumindest diesmal.

„Du weißt, dass heute ein Glückstreffer sein könnte, richtig?" Mein Gesicht brannte, und ich wich seinem Blick aus. „Ich werde nie ein Mann sein, der ..."

„Reuben." Er hob mein Kinn an, und bei der Wärme seines Lächelns durchlief mich ein Schauer. „Seit wir uns kennen, habe ich das über dich gewusst, und ich habe mich in dem Wissen in dich verliebt, dass du wahrscheinlich immer so sein würdest. Das hat sich nicht geändert."

Ein Kloß bildete sich in meiner Kehle. „Doch das wird für dich frustrierend sein."

Er zuckte andeutungsweise mit den Schultern und lächelte weiter. „Falls die letzten sechs Jahre mich eines gelehrt haben, dann, dass es nicht annähernd so frustrierend ist, dir dabei zu helfen herauszufinden, was du fühlst, als dich gar nicht zu haben. Glaub mir – damit kann ich arbeiten."

Ich lachte, mehr aus Erleichterung als aus anderen Gründen, und beugte mich zu einem Kuss vor. Als ich mich von ihm löste, flüsterte ich: „Ich liebe dich."

„Ich liebe dich auch." Dann zog er mich wieder an sich und ließ mich den Kopf auf seine Brust legen, und eine Zeit lang lagen wir einfach so da. Wahrscheinlich würden wir bald wieder damit anfangen, uns zu streicheln, aber im Moment war es perfekt.

Ich konnte noch immer nicht glauben, dass wir hier zusammen waren. Ich hatte es nicht für möglich gehalten. Mir war nicht einmal klar gewesen, dass ich es wollte.

Das tat ich. Nach einer langen Zeit und einem schwierigen Weg hatten Marcus und ich wieder zueinander gefunden. Ich machte mir keine Illusionen, dass die Zukunft problemlos und ereignislos oder jeder Moment zusammen genauso glücklich wie dieser sein würde, aber das hier war das Richtige. Die ganze Zeit war es das, wo ich sein musste, und hier wollte ich bis zum Ende aller Zeit sein.

Und als ich in Marcus' Armen lag, mit dem *Ich liebe dich* noch immer auf den Lippen, hatte ich keinen Zweifel, dass wir es schaffen würden.

EPILOG

Zwei Jahre später

Der piepende Wecker riss mich aus dem Schlaf. Fuck. War es bereits sechs Uhr? In *jeder* Zeitzone, ganz zu schweigen von der, in der ich mich befand?

Ich griff nach meinem Handy und erinnerte mich dann daran, dass der Nachttisch auf der anderen Seite des harten Hotelbettes war. Vorsichtig beugte ich mich über Reuben, tastete nach meinem Handy und schaltete den Wecker aus.

„Mmpf", grummelte er und vergrub das Gesicht im Kissen.

Ich schmunzelte und drückte ihm einen Kuss auf die Schulter. So leise ich konnte und nur mit dem Licht im Badezimmer, damit ich ihn nicht aufweckte, zog ich mich an. Ich nahm meinen Messeausweis und hielt ihn ins Licht, um sicherzugehen, dass ich nicht aus Versehen seinen genommen hatte. Dann hängte ich ihn mir um den Hals und nahm meine Brieftasche, mein Handy und den Zimmerschlüssel.

Bevor ich ging, blieb ich beim Bett stehen und beugte mich hinunter, um Reuben auf die stoppelige Wange zu küssen. „Ich liebe dich. Wir sehen uns unten."

„Mmpf."

Ich lachte, drückte kurz seine Schulter und verließ das Zimmer, wobei ich überprüfte, ob ich das Licht im Badezimmer ausgeschaltet hatte. Im Aufzug nahm ich einige tiefe Atemzüge und rollte meine Schultern. Okay. Zeit, *an* zu sein. Ich würde mir einen Kaffee holen, zum Stand gehen, und der Tag würde beginnen.

Unten in der Ausstellungshalle gesellte sich nach einigen Minuten Karen, die Managerin der Außendienstmitarbeiter, zu mir. Sie hielt einen dampfenden Becher Kaffee in der Hand. „Morgen, Sonnenschein."

„Morgen."

Sie sah sich um. „Wo ist Reuben?"

„Schläft noch." Ich nahm einen Schluck von meinem Kaffee. „Er wird gegen neun hier sein, weißt du noch?"

Sie runzelte die Stirn, hakte aber nicht nach. So gern sie ihn jetzt auch bei den Messen dabei hatte, war sie noch immer nicht besonders begeistert von der Vereinbarung, die ich mit Reuben hatte. Wahrscheinlich, weil sie nie versucht hatte, Reuben wie ein normales menschliches Wesen zum Funktionieren zu bringen, bevor die Sonne aufgegangen war.

Nicht lange nach unserer Fahrt nach Boise hatte Reuben zugestimmt, unter zwei Bedingungen auch in Zukunft auf Messen zu fahren, und eine dieser Bedingungen war, dass er nicht wie ich bei Anbruch der Dämmerung aufstehen musste. Ich hatte nie Einspruch erhoben; der Mann funktionierte einfach nicht, bevor es nicht wenigstens acht Uhr war, also hatte ich bereitwillig zugestimmt.

Die andere Bedingung war, dass wir während jeder Messe einen Abend für uns hatten. Dieser konnte nach der Messe sein. Er konnte sein, bevor sie anfing (auch wenn das unwahrscheinlich war, da ich meinen sozialen Winterschlaf brauchte, bevor der Trubel begann). Die meiste Zeit lag der Abend mitten in den Messetagen.

Heute Abend war diese Date Night, und ich hatte kein Problem damit, wenn sich Reuben morgens ein oder zwei Stunden stahl, falls das bedeutete, dass er nicht nur tagsüber funktionierte, sondern am Abend frisch und munter war.

In der Zwischenzeit hatten Karen und ich Arbeit zu erledigen, und wir waren gerade damit fertig geworden, die Prospektständer aufzufüllen und die Banner geradezurücken, als sich die Türen zur Messehalle öffneten.

„Und los geht's", murmelte sie in ihren Kaffeebecher.

Und es ging wirklich los. Kaum waren die Türen geöffnet, war die Halle auch schon voller Menschen. Karen und ich hatten unser Sonntagsgesicht aufgesetzt und waren bereit, und binnen Sekunden waren wir in Gespräche mit potentiellen Kunden vertieft. Sobald diese potentiellen Kunden weitergingen, strömten andere herbei.

Ich war mitten im Gespräch mit einer Messinglieferantin, als mein Nacken kribbelte. Als ich mich umdrehte, sah ich Reuben in diesem dunkelgrauen Anzug durch die Menge schlendern, den ich so sehr liebte. Er hatte einen Kaffee in der Hand, schenkte mir ein schnelles Lächeln, das meinen ganzen Körper kribbeln ließ, und gesellte sich zu uns an den Stand.

Zum Glück verpasste ich nur eine Sekunde meiner Unterhaltung und sprach sofort weiter mit der Lieferantin.

Als ich mein Gespräch mit ihr beendet hatte und sie mit einigen Prospekten gegangen war, hatte ich eine kurze Pause, die ich benutzte, um Reuben zu beobachten.

Es war keine Überraschung, dass er eine angeregte Unterhaltung mit Karen und einigen anderen Leuten über unseren neuesten Laserschneider führte.

Ich lächelte, während ich ihn betrachtete. Es erstaunte mich noch immer, wie sehr er ein fixer Bestandteil dieser Veranstaltungen geworden war. Besonders jetzt, wo er einen weiteren Manager hatte, der sich um die meisten Krisen in der Entwicklungsabteilung kümmerte, begleitete mich Reuben auf immer mehr Messen. Manchmal überwältigten sie ihn noch immer, aber solange er sich dazwischen entspannen konnte und ich ihn am Abend nicht zur Bar schleppte, schlug er sich wacker. Er hatte seinen Rhythmus für Messen gefunden und gesellte sich sogar gelegentlich zu mir zu einer für ihn frühen Stunde, falls es nur wir beide waren oder jemand anderer eine lange Nacht gehabt hatte.

Tatsächlich fand Reuben seinen Rhythmus bei vielen Dingen. Nicht lange, nachdem wir wieder zusammengekommen waren, hatte er mich eines Tages mit der Erklärung, dass er zu einem Therapeuten gehen würde, völlig überrascht.

„Es ist nicht fair, dass du die ganze Arbeit machen musst", hatte er mir gesagt. „Ich muss lernen, meine Gefühle zu sortieren, also werde ich zu jemandem gehen, der dafür bezahlt wird, mir dabei zu helfen."

Und wow, was für ein Unterschied. Manchmal hatte er noch immer damit zu kämpfen, und falls wir einen Streit hatten, war es nicht ungewöhnlich für ihn, seine Therapeutin anzurufen, bevor wir uns zusammensetzten, um das Problem zu lösen. Anfangs ließ sie uns beide kommen, damit sie vermitteln konnte. Im Laufe der Zeit kam er besser zurecht, und es war nicht mehr so schlimm. Tatsächlich war er mittlerweile ziemlich gut darin, und manchmal verblüffte es mich, wie sehr er sich seiner Emotionen bewusst geworden war. Darüber hinaus half sie ihm, mit einigen nachklingenden Gefühlen wegen seiner Scheidung zurechtzukommen. Sie hatten sogar einige Termine mit seiner Ex-Frau, was Reuben und Michelle half, über alles hinwegzukommen und in Zukunft Freunde zu sein. Michelle und ich waren noch immer dabei, fortwährende Peinlichkeit zu überwinden, aber es wurde langsam.

Auf der Arbeit wussten die meisten, dass wir ein Paar waren, aber wir hatten uns vor niemandem außerhalb der Firma geoutet. Vermutlich hatten es die Leute mitbekommen, und Gerüchte waren im Umlauf, aber es wurde nicht offen darüber geredet. Was mir ganz recht war. Ich hatte nicht das Bedürfnis, es in die Welt hinauszuschreien, besonders, da es in unserer Branche einige lautstarke Homophobe gab, und gleichzeitig war ich erleichtert, dass ich nicht versuchen musste, es geheim zu halten. Falls die Leute es herausfanden, dann fanden sie es eben heraus.

Unsere Kollegen wussten es zum Großteil, Reubens Familie wusste es, und auch wenn Bob nicht glücklich darüber war, dass zwei Kollegen zusammen waren, hatte er letztendlich entschieden, dass dies besser war, als wenn wir beide Probleme hatten, uns zusammen im gleichen Raum aufzuhalten.

„Mr. Peterson?" Eine Stimme riss mich aus meinen Gedanken, und ich drehte mich um. Jim Grainger und Connie Yates von *Sparks Magazine* – eine der größten Zeitschriften der Branche – kamen auf mich zu.

„Jim! Connie!" Ich schüttelte jedem von ihnen die Hand. „Ich freue mich, Sie beide zu sehen. Wie geht es der Familie?"

„Der geht es gut, danke." Connie lächelte strahlend. Ich hatte sie immer gemocht. „Wir wollten mit Ihnen über diesen Artikel über die neue Produktserie Ihrer Firma reden. Haben Sie diese Woche Zeit für ein Interview?"

„Natürlich", sagte ich. „Seit Sie mir die E-Mail geschickt haben, freue ich mich darauf, mit Ihnen zu reden. Wir sind deswegen sehr aufgeregt."

„Genau wie wir", sagte Jim. „Begleiten Sie uns doch heute Abend zum Essen. Dann können wir weitere Einzelheiten besprechen."

Oh, das war verführerisch, denn dieser Artikel würde riesig sein, aber ich hielt mich zurück und schüttelte entschuldigend den Kopf. „Es tut mir so leid. So sehr ich das auch möchte, habe ich heute Abend bereits eine Verabredung."

Die beiden sahen leicht enttäuscht aus. Trotzdem klopfte mir Jim auf die Schulter und lächelte. „Nun, die Woche ist noch jung. Wir finden schon einen anderen Termin."

„Klingt gut. Sie wissen, wo Sie mich finden können."

Wir schüttelten erneut die Hände, und er ging.

Als die beiden davonspazierten, sah ich zu Reuben. Wie so oft hatte er sein Sakko ausgezogen und die Ärmel hochgerollt, gestikulierte lebhaft und redete mit drei Leuten, die absolut gefesselt wirkten.

Der Artikel in *Sparks* würde eine tolle Sache für die Firma sein, und eine Besprechung beim Abendessen mit Jim und Connie war unglaublich schwierig festzulegen, aber ... Nein. Wir hatten noch Zeit. Wir würden einen anderen Termin finden.

Heute Abend ging ich mit Reuben und niemand anderem essen.

Das Abendessen verlief seltsam still.

Wir waren beide von der Messe müde, unsere Kehlen ein wenig wund durch das ständige Reden, aber ich hatte nicht den Eindruck, dass das Schweigen daher rührte, dass wir unsere Stimmen schonten. Reuben hatte Mühe, einige Male Augenkontakt herzustellen oder zu halten, und schien ... woanders zu sein. Er war nicht feindselig, aber auch nicht ganz da.

Statt an einem öffentlichen Ort die Sprache darauf zu bringen, beschloss ich zu warten, bis wir wieder auf unserem Zimmer waren. Zumindest versuchte ich es. Als wir mit dem Lift in unser Stockwerk fuhren, ertrug ich es nicht länger und berührte ihn am Rücken. „Hey. Ist alles okay? Während des Essens warst du ziemlich still."

„Ja. Ja. Tut mir leid. Ich war ..." Er schluckte. „In Gedanken, schätze ich."

„An was?"

Reuben presste die Lippen aufeinander. Sein Blick war starr auf die Zahlen über der Tür gerichtet.

Okay. Ich würde warten, bis wir in unserem Zimmer waren.

Einem Moment später war es soweit, und ich schloss die Tür. Das leise Klicken ließ ihn zusammenzucken. Er hatte mir den Rücken zugewandt und zog sein Sakko aus, doch abgesehen davon bewegte er sich nicht und gab auch keinen Laut von sich.

Vorsichtig trat ich näher. „Hey." Ich schlang meine Arme um ihn und küsste seinen Nacken. „Red mit mir."

Reuben atmete aus und lehnte sich an mich. Nach einem Moment drehte er sich in meiner Umarmung um, erwiderte meinen Blick für eine Sekunde und senkte dann seinen. Ich dachte schon, dass er weiter schweigen würde, doch dann nahm er die Schultern zurück und holte tief Luft, als er wieder Blickkontakt herstellte. „Ich war während des Essens still, weil ich nervös war. Weil ich nervös *bin*."

„Wegen was?"

Er hob seine Hand zwischen uns. „Ob du das hier annimmst oder nicht."

Die sanften Lichter spiegelten sich in dem Ring wieder, den er zwischen Daumen und Zeigefinger hielt. Er war weder Gold noch Silber. Tatsächlich konnte ich das dunkle, matte Metall nicht identifizieren. Es war glatt mit einigen wenigen verräterischen Fehlern, die mein Herz rasen ließen – er war von Hand gefertigt. Reuben ... Er bot mir einen Ring an. Einen, den er selbst gemacht hatte. Weil ... Oh mein Gott.

Ich sah ihm in die Augen. „Reuben ..."

„Ich bin nicht gut in großen, öffentlichen Gesten", flüsterte er. „Ich bin nicht einmal bei einer kleinen, privaten Geste gut. Aber ich ..." Er schluckte schwer, legte den Ring auf meine Handfläche und schloss meine Finger darum. „Ich liebe dich, Marcus. Und ich möchte dein Mann sein, wenn du mich willst."

Ich starrte ihn an, während ich mit dem Daumen über die Kante des Rings strich. Ungläubigkeit hielt mich vom Sprechen ab, bis ich die Sorge sah, die Falten auf seiner Stirn verursachte. Hatte er wirklich Angst, dass ich Nein sagen würde? Ja, natürlich hatte er Angst. Denn so funktionierte er, und wahrscheinlich hatte er Wochen, wenn nicht Monate damit verbracht, sich psychisch darauf vorzubereiten.

Ich lächelte und griff in meine Tasche. Als ich einen Ring hochhielt, der seinem nicht unähnlich war – auch wenn er aus Gold war und ich ihn gekauft hatte –, sagte ich: „Beantwortet das deine Frage?"

Jetzt war er an der Reihe mit ehrfürchtigem Schweigen. Er starrte den Ring an, genau wie ich den anderen ange-starrt hatte. Als er meinen Blick erwiderte, brach er in ein erleichtertes Lächeln aus, und ich glaubte nicht, dass er jemals süßer ausgesehen hatte als in diesem Moment.

Und dann lachten wir beide. Ich legte die Arme um ihn, und er beugte sich in meiner Umarmung vor, während wir beide schmunzelten.

„Das überrascht mich gar nicht", sagte er. „Wir sind immer auf der gleichen Wellenlänge, auch wenn uns das gar nicht klar ist."

„Die Geschichte unseres Lebens." Ich küsste ihn auf die Wange. „Ich habe den schon seit einigen Wochen. Ich wusste nur noch nicht, wann ich fragen soll. Ich habe mir gedacht, dass du kein großes, öffentliches Spektakel willst, und ich schätze, es hat mir jedes Mal die Sprache verschla-gen, wenn ich versucht habe, den Mut aufzubringen, dich zu fragen, wenn wir alleine waren."

Reuben nahm den Kopf zurück und lächelte. „Du kennst mich wirklich gut." Er sah auf den Ring in seiner Hand und errötete erneut. „Ich habe ehrlich geglaubt, dass ich etwas in der Öffentlichkeit abziehen könnte. Es schien ... einfach nur ..."

„Doch das bist nicht du."

„Vielleicht nicht." Er sah mich unter gesenkten Wimpern an. „Aber du verdienst es, weißt du?"

Mein Herz schlug einen Salto. „Was?"

„Ich bin *stolz* darauf, mit dir zusammen zu sein", sagte er. „Ich will, dass die Leute wissen, dass wir zusammen sind, und ich will, dass die ganze Welt weiß, dass ich dich heiraten will." Er schluckte schwer und erwiderte schließlich zur Gänze meinen Blick. „Wir haben uns damals getrennt, weil ich mit der Heimlichtuerei nicht umgehen konnte. Jetzt ist es nicht nur, dass ich es nicht geheim halten will, sondern ich will, dass alle es wissen. Seit ich mit dir zusammen bin, verstehe ich, warum Leute mitten in einem Basketball- oder Footballspiel Anträge machen, während Tausende Menschen zusehen."

„Reuben." Ich berührte seine Wange. „Ich brauche diese Art von Geste nicht von dir. Sei einfach nur ... Ich meine, die Tatsache, dass du diesen Ring gemacht hast ..." Ich zog meine Augenbrauen hoch, um zu fragen *richtig?* Er nickte, und ich fuhr fort: „Das bedeutet mir mehr als jeder öffentliche Antrag."

„Wirklich?"

„Natürlich. Und ich kenne dich. Du bist niemand, der im Rampenlicht stehen will, schon gar nicht, wenn du so nervös bist, wie du es offensichtlich warst." Ich nahm seine Hände zwischen meine und küsste die Rückseite seiner Finger. „Ich brauche kein großes, öffentliches Spektakel. Alles, was ich will, bist du."

Reuben musterte mich unsicher. „Was ist mit einer Hochzeit?"

„Es ist mir egal." Ich schüttelte den Kopf. „Wir können etwas Ruhiges im Wohnzimmer deines Dads machen, oder wir können die verdammte Space Needle mieten und ein Feuerwerk veranstalten. Solange wir am Ende verheiratet sind, sind mir die Einzelheiten völlig egal."

„Gut", sagte er mit einem offensichtlich erleichterten Lachen. „Weil ich keine Ahnung habe, was ich will. Aber irgendwas Ruhiges klingt gut."

„Dann machen wir das."

Wir tauschten ein Lächeln aus und sahen dann auf die Ringe hinab, die wir noch immer hielten.

„Was immer wir tun", flüsterte er, „sollten wir besser so bald wie möglich tun."

„Einverstanden. Ich denke, wir haben lange genug gewartet."

Reuben nickte. Dann tauschten wir die Ringe aus und schoben sie über unsere Finger. Der Ring, den ich für ihn gekauft hatte, war etwas locker, passte aber ganz gut. Der, den er für mich gemacht hatte? Passte perfekt. Irgendwie war ich nicht überrascht.

Einen Moment lang starrten wir unsere Ringe an, ehe sich unsere Blicke wieder trafen. Reuben schlang die Arme um meinen Hals und sah mir tief in die Augen, und ich liebte es, wie entspannt und glücklich er in diesem Moment war.

„Uns wird schon was einfallen", sagte er leise. „Wie wär's, wenn wir den Rest des Abends einfach genießen, verlobt zu sein, und uns später über die Einzelheiten den Kopf zerbrechen?"

„Klingt perfekt." Grinsend umfasste ich sein Gesicht und küsste ihn.

Ja, die Einzelheiten konnten warten. Die Gegenwart des anderen und das Gefühl, verlobt zu sein, einfach zu genießen, klang wie die bestmögliche Art, den Rest des Abends zu verbringen.

Und das war genau das, was wir taten.

ENDE

ALSO BY L.A. WITT GERMAN

Der Ehe-Schachzug

Wenn Die Meere Feuer Fangen

Die Stimme meines Herzens

Auf Anfang

Der Meister wird erscheinen

Die Mauern zwischen Herzen

...und mehr!

http://www.gallagherwitt.com/german.html

ÜBER DIE AUTORIN

L. A. Witt wurde mit ihrem Mann aus Spanien vertrieben und nach Maine geschickt, um dort ihr Domizil aufzuschlagen. Jetzt schreibt sie dort und ist ansonsten abwechselnd damit beschäftigt, den Leuten zu versichern, dass ihr die Kälte in Maine durchaus bewusst ist, sich zu fragen, wo sie sich ihr nächstes Tattoo stechen lassen soll, und einer mürrischen Maine-Coon-Katze gut zuzureden.

Gerüchte besagen, dass ihre Erznemesis, Lauren Gallagher, auch irgendwo in der Wildnis von New England unterwegs ist, weshalb L. A. auch einen Teil ihrer Zeit damit verbringt, eine Spezialeinheit von Hummern auszubilden.

Die Autorinnen Ann Gallagher und Lori A. Witt wurden gebeten, beim Hummer-Training zu helfen, aber sie „müssen Bücher schreiben" und sich „auf unsere Karriere konzentrieren" und „glaubst du nicht, dass unsere Rivalität ein bisschen ausgeartet ist?". Wahrscheinlich helfen sie Lauren einfach dabei, ihrer Armee aus Eichhörnchen beizubringen, auf Elchen in den Kampf zu ziehen.

Website: www.gallagherwitt.com

E-Mail: gallagherwitt@gmail.com

Twitter: @GallagherWitt

Printed in Poland
by Amazon Fulfillment
Poland Sp. z o.o., Wrocław